国际大奖小说

维也纳青少年图书奖

克拉拉的箱子

Klaras Kiste

[奥]瑞秋·凡·库依 / 著　李紫蓉 / 译

天津出版传媒集团

新蕾出版社

图书在版编目(CIP)数据

克拉拉的箱子 / (奥) 库依著；李紫蓉译. -- 天津：新蕾出版社, 2015.1 (2024.1 重印)
(国际大奖小说)
ISBN 978-7-5307-6196-0

Ⅰ.①克… Ⅱ.①库…②李… Ⅲ.①儿童文学-长篇小说-奥地利-现代 Ⅳ.①I521.84

中国版本图书馆 CIP 数据核字(2014)第 289518 号

Klaras Kiste ⓒ Copyright 2008 by Verlag Jungbrunnen Wien
Simplified Chinese translation copyright ⓒ 2015 by New Buds Publishing House (Tianjin) Limited Company
ALL RIGHTS RESERVED
津图登字:02-2013-212

出版发行：	天津出版传媒集团 新蕾出版社
	http://www.newbuds.com.cn
地　　址：	天津市和平区西康路 35 号(300051)
出 版 人：	马玉秀
电　　话：	总编办(022)23332422
	发行部(022)23332351　23332679
传　　真：	(022)23332422
经　　销：	全国新华书店
印　　刷：	天津新华印务有限公司
开　　本：	880mm×1230mm　1/32
字　　数：	145 千字
印　　数：	146 001—151 000
印　　张：	7.25
版　　次：	2015 年 1 月第 1 版　2024 年 1 月第 22 次印刷
定　　价：	25.00 元

著作权所有，请勿擅用本书制作各类出版物，违者必究。
如发现印、装质量问题，影响阅读，请与本社发行部联系调换。
地址:天津市和平区西康路 35 号
电话:(022)23332677　邮编:300051

前 言

一辈子的书

梅子涵

亲近文学

一个希望优秀的人,是应该亲近文学的。亲近文学的方式当然就是阅读。阅读那些经典和杰作,在故事和语言间得到和世俗不一样的气息,优雅的心情和感觉在这同时也就滋生出来;还有很多的智慧和见解,是你在受教育的课堂上和别的书里难以如此生动和有趣地看见的。慢慢地,慢慢地,这阅读就使你有了格调,有了不平庸的眼睛。其实谁不知道,十有八九你是不可能成为一个文学家的,而是当了电脑工程师、建筑设计师……可是亲近文学怎么就是为了要成为文学家,成为一个写小说的人呢?文学是抚摸所有人的灵魂的,如果真有一种叫作"灵魂"的

东西的话。文学是这样的一盏灯,只要你亲近过它,那么不管你是在怎样的境遇里,每天从事怎样的职业和怎样地操持,是设计房子还是打制家具,它都会无声无息地照亮你,使你可能为一个城市、一个家庭的房间又添置了经典,添置了可以供世代的人去欣赏和享受的美,而不是才过了几年,人们已经在说,哎哟,好难看哟!

谁会不想要这样的一盏灯呢?

阅读优秀

文学是很丰富的,各种各样。但是它又的确分成优秀和平庸。我们哪怕可以活上三百岁,有很充裕的时间,还是有理由只阅读优秀的,而拒绝平庸的。所以一代一代年长的人总是劝说年轻的人:"阅读经典!"这是他们的前人告诉他们的,他们也有了深切的体会,所以再来告诉他们的后代。

这是人类的生命关怀。

美国诗人惠特曼有一首诗:《有一个孩子向前走去》。诗里说:

有一个孩子每天向前走去,

他看见最初的东西,他就变成那东西,

那东西就变成了他的一部分……

如果是早开的紫丁香,那么它会变成这个孩子的一部分;如果是杂乱的野草,那么它也会变成这个孩子的一部分。

我们都想看见一个孩子一步步地走进经典里去,走进优秀。

优秀和经典的书,不是只有那些很久年代以前的才是,只是安徒生,只是托尔斯泰,只是鲁迅;当代也有不少。只不过是我们不知道,所以没有告诉你;你的父母不知道,所以没有告诉你;你的老师可能也不知道,所以也没有告诉你。我们都已经看见了这种"不知道"所造成的阅读的稀少了。我们很焦急,所以我们总是非常热心地对你们说,它们在哪里,是什么书名,在哪儿可以买到。我就好想为你们开一张大书单,可以供你们去寻找、得到。像英国作家斯蒂文生写的那个李利一样,每天快要天黑的时候,他就拿着提灯和梯子走过来,在每一家的门口,把街灯点亮。我们也想当一个点灯的人,让你们在光亮中可以看见,看见那一本本被奇特地写出来的书,夜晚梦见里面的故事,白天的时候也必然想起和流连。一个孩子一天

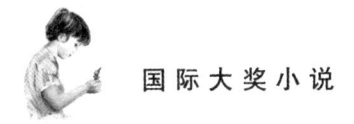

天地向前走去,长大了,很有知识,很有技能,还善良和有诗意,语言斯文……

同样是长大,那会多么不一样!

自己的书

优秀的文学书,也有不同。有很多是写给成年人的,也有专门写给孩子和青少年的。专门为孩子和青少年写文学书,不是从古就有的,而是历史不长。可是已经写出来的足以称得上琳琅和灿烂了。它可以算作是这二三百年来我们的文学里最值得炫耀的事情之一,几乎任何一本统计世纪文学成就的大书里都不会忘记写上这一笔,而且写上一个个具体的灿烂书名。

它们是我们自己的书。合乎年纪,合乎趣味,快活地笑或是严肃地思考,都是立在敬重我们生命的角度,不假冒天真,也不故意深刻。

它们是长大的人一生忘记不了的书,长大以后,他们才知道,原来这样的书,这些书里的故事和美妙,在长大之后读的文学书里再难遇见,可是因为他们读过了,所以没有遗憾。他们会这样劝说:"读一读吧,要不会遗憾的。"

我们不要像安徒生写的那棵小枞树,老急着长大,老以为自己已经长大,不理睬照射它的那么温暖的太阳光和充分的新鲜空气,连飞翔过去的小鸟,和早晨与晚间飘过去的红云也一点儿都不感兴趣,老想着我长大了,我长大了。

"请你跟我们一道享受你的生活吧!"太阳光说。

"请你在自由中享受你新鲜的青春吧!"空气说。

"请你尽情地阅读属于你的年龄的文学书吧!"梅子涵说。

现在的这些"国际大奖小说"就是这样的书。

它们真是非常好,读完了,放进你自己的书架,你永远也不会抽离的。

很多年后,你当父亲、母亲了,你会对儿子、女儿说:"读一读它们,我的孩子!"

你还会当爷爷、奶奶、外公和外婆,你会对孙辈们说:"读一读它们吧,我都珍藏了一辈子了!"

一辈子的书。

Klaras Kiste

目 录

001　第一章　肚子里的怪兽

006　第二章　特别的座位

010　第三章　海滩上的假期

015　第四章　苹果树

023　第五章　承诺

026　第六章　朱利和茱莉亚

031　第七章　教室里的海滩

037　第八章　最后一章

042　第九章　同学会

049　第十章　送出去的奇迹

058　第十一章　道别

065　第十二章　费多林

071　第十三章　茱莉亚

080　第十四章　每个人都要有自己的坟墓

085　第十五章　墓园

094　第十六章　松鼠的葬礼

103　第十七章　茱莉亚之墓

109　第十八章　偷苹果的贼

119　第十九章　白雪公主和七个小矮人

123　第二十章　外公

131　第二十一章　最后一份礼物

139　第二十二章　施工计划

144　第二十三章　云、马和海洋

149　第二十四章　动工喽

156　第二十五章　吸血鬼的床

163　第二十六章　满满的爱

170　第二十七章　禁足令

175　第二十八章　紧急状况

179　第二十九章　健忘

184　第 三 十 章　外公的计谋

188 第三十一章　兜风

196 第三十二章　赛车

200 第三十三章　窗外

第一章 肚子里的怪兽

复活节过后的那个星期一,一切都变了。

这一天本该是圣诞节之后最让人开心的一个开学日。复活节还没到时,大家就齐心协力把教室布置好了,漂亮的花环挂满了门窗,黑板上贴着用彩纸剪下来的大字:"欢迎克拉拉老师回来!"

接下来呢?朱利不禁叹了口气,全身微微颤抖着。一年前,朱利的爸爸突然提着行李搬走时,那种锥心的感受就和现在一模一样。当时,朱利跑回自己的房间,把墙上的壁纸一条一条地撕下来。没什么理由,他只是想让自己好过一些,因为他没办法把爸爸一条一条地撕碎。然而,这样做并没让他好过,一点点也没有。

这一天,朱利的双手平放在课桌上,像一副根本不属于他的手套。朱利盯着那双手瞧——十只手指,一边五只。

他来来回回数了不下四次,仿佛他一不留神,就会有人把手指拿走一样。他右手食指的指甲边还沾了一小块红色黏土。

前一天,朱利捏了一个小人偶,把它放进烤箱里烤硬,然后把它放进口袋。这是要送给克拉拉老师的礼物。

朱利提不起勇气抬头看。他不敢看黑板那里。校长正把轮椅推到黑板前面,坐在轮椅上的是克拉拉老师。

"亲爱的四年级同学们,"克拉拉老师的声音和往常一样轻松愉快,"回来看你们,我真的好高兴。我好想念你们。

圣诞节过后的每一天都好想你们。你们寄到医院来的信,还有图画和小礼物,都……"

"这不是真的!告诉我们这不是真的!"卡蒂亚喊了出来。

她一向都是这样,不举手就直接发言。朱利很不喜欢她这一点,但这次他很高兴,因为这正是朱利想大声喊出来的话。

坐在朱利旁边的山迪也喃喃地说:"这是骗人的,不可能是真的!"朱利点头同意。这种事绝对不可以发生,不可以发生在真实世界里,不可以发生在我们认识的、喜欢的人身上。

这时,所有同学都抬起头来,朱利也是。他着实吓了一大跳。克拉拉老师变得又消瘦又苍白,那件漂亮的洋装现在变得松松垮垮的。朱利看见老师头上戴着一顶彩色的针织帽,他知道,帽子底下已经没有头发了。

"像玻璃弹珠一样光溜溜的。"几个星期前,克拉拉老师在信里这么写着。那时大家都觉得很好笑。

"其实一点儿都不好笑。"此刻的朱利觉得。

克拉拉老师的头发会掉光是因为吃药的关系。那种药会把身体里所有长得很快的东西通通消灭掉。老师肚子里的那个坏东西长得越来越快,越来越大,所以一定要吃药让它消失,或至少让它变小,好让医生可以开刀把它切除

掉。上美术课时,他们把老师肚子里的坏东西画成黑洞里的怪兽,还画了药粉和针筒与怪兽打斗的情景。这些画作看起来都很吓人。有时,朱利甚至同情起那只怪兽来,因为每张画纸上的怪兽都被砍得很惨,支离破碎的。

克拉拉老师收到画作以后,写信向他们道谢。

"我只要一看到你们的画,就知道我身体里的那只怪兽一定活不了!"她那时在信里写得那么有信心。然而,药物没帮上忙,只是把她的头发变没了。她那头浓密的棕色长发,夹杂着几丝银白。

而头发掉光还不是最糟的事。

"是真的,卡蒂亚。"克拉拉老师轻声的回答在朱利耳中宛如雷响。

"可是,"卡蒂亚反驳说,"你一定要好起来啊。医生应该更认真想办法才对。"

朱利看到同学们都不住地点头,自己也不停点起头来,像磕头虫那样。

只要再认真想一下,答案就在角落等你。从一年级开始,如果有同学懒得解决问题而想放弃的时候,克拉拉老师就会这样提醒他。

"克拉拉老师说的话一向是对的。"朱利想着。

克拉拉老师沉默了许久。她的手搁在肚子上,仿佛要把里面的怪兽遮住,不让同学看到。教室里安静得能让朱利听见自己的呼吸声。他的呼吸变得很不顺畅,因为喉头一阵紧一阵热,吸进来的空气断断续续的。

"有时候啊……"克拉拉老师终于开口了,她慢条斯理地说,"有时候,再怎么认真想也没办法了。在这种情况下,能做的,只是接受现实。"她露出微笑,像在道歉似的。

"我不要!"卡蒂亚叫了起来,一拳砸在桌面上。

朱利也很想一拳砸下去。或者,把口袋里那个红色的笨人偶拿出来,狠狠地丢向那扇玻璃窗,听它发出刺耳的破裂声,让尖锐的碎片撒得到处都是。然而,朱利的手像拉线木偶那样不自主地悬在半空,因为他听见克拉拉老师十分笃定地说:"病情没办法改善了。真的!"

同学们全都屏住了呼吸。朱利感觉得到。

他希望克拉拉老师不要再说下去了。

然而,克拉拉老师接着说:"所以我才决定出院。"

她犹豫了一下,又说:"我想再好好地活一段日子,和你们一起度过,如果你们愿意的话。"

朱利的手重重地摔落下来,泪水夺眶而出。

第二章　特别的座位

同学们全都哭了起来,有的哭得很大声,像卡蒂亚那样把桌上的笔记本全扫到地上,把头枕在桌面上号啕大哭;有的哭得比较含蓄,像朱利那样呆呆地盯着黑板,"欢迎克拉拉老师回来!"那几个彩色大字在泪水里变得朦胧不清。

克拉拉老师并没有安慰他们。她没说,够了,别再哭了;没说,哭一点儿用处也没有;也没说,已经这么大了,不可以这样哭。她只是坐在轮椅里,耐心等候着,仿佛全世界的时间都是她的。

下课铃声响了,一串愉悦的音符上下跳跃着。走廊上传来的无忧的笑声和咚咚的跑步声,朝操场的方向拥去。外面没有人知道,在四年级教室里的学生们此刻正努力接受一个事实:那看似永无止境的生命,会在瞬间戛然而止。

一个别的班的学生轰的一声推开他们教室的门,又马上退了出去,因为他被大家哭成一团的景象吓着了。接着,门外传来一阵嘈杂的交谈声,直到校长深沉的嗓音扬起,像赶鸽子一样把那群学生轰进了操场。

教室里终于安静下来了。

"我没办法再给你们上课了。不过,如果你们愿意的话,"克拉拉老师再次提出请求,"我想尽可能回教室来陪你们。"

"可是……"朱利喊了起来,又马上闭紧嘴巴,不让里面的话不经思考就跑出来。他无法想象克拉拉老师坐在轮椅里陪他们上课的情景。那样的话,他一定会哭个不停。他的泪水现在就又不听话地湿了眼眶。

克拉拉老师对朱利点了点头,仿佛她知道朱利脑袋里的所有思绪。

"这不是一件容易的事。"克拉拉老师说,"对每个人来说都不容易。不过我想,也许我们可以在教室后面的阅读角放一张舒服的海滩椅。我可以坐在那儿,就像在海滩上度假一样,再享受一下美妙的人生。"

孩子们全转过头去看。没错,那儿的确可以摆张椅子。不过,把教室当成海滩?

国际大奖小说

"你们啊,"克拉拉老师接着说,"你们就会是海里的小鱼,闪亮亮地在我眼前游来游去。如果我把脚趾探进海水里,也许会有几条大胆的小鱼游过来咬我。"

"那校长呢?他是什么鱼?"这种问题只有山迪才想得出来。克拉拉老师歪着头思索。

"我想啊,"克拉拉老师露出深思的神情说,"他应该是我们的大鲸鱼。他有你们的两倍那样高,有我现在的三倍那样胖,至少三倍。"

朱利的喉头突然一阵痒,他试着把那种想笑的感觉吞下去。人难过的时候怎么能大笑呢?可是他再也憋不住了,

"扑哧"一声笑了出来,身边的同学也全都偷笑起来。然后偷笑变成了大笑,无法克制的、开怀的大笑。

校长刚才一定站在门外,也许还靠着门偷听,因为刚巧这时他推门走了进来。

"这么开心啊?"校长一脸惊讶地问。

"像海里的鱼儿一样开心。"克拉拉老师信心十足地回答。而这句回答宛如一个神秘的咒语,让所有孩子从座位上跳起来,在教室里游来游去,冒着欢笑的泡泡。

那个不知道自己是胖鲸鱼的校长,站在那儿不住地摇头。

"你看吧,"克拉拉老师带着骄傲的神情说,"这就是我的四年级学生。"

第三章 海滩上的假期

朱利想:"有时候啊,真的什么都不要说比较好。"可惜,他话已经说出去了才想到这一点。

"你说什么?克拉拉老师?她不是病得很严重吗?"朱利的妈妈疑惑地看着他,"她今天回学校去看你们?坐在轮椅上?"

朱利不喜欢妈妈的口气,听起来像是在责怪。

"她真的很想来看我们。"朱利为克拉拉老师辩护,"而且,她还会常常来。她要在我们教室里度假。"

"她病好了吗?"妈妈问。

朱利伤心地摇摇头,"没有"那两个字卡在他喉头里吐不出来。

"她病得这么严重,怎么可以拿生命开玩笑?她应该留在医院里才对。"妈妈指责着,就像克拉拉老师也坐在厨房里一样。

"她不想待在医院里了。"朱利说。

"怎么这么不理智?!"妈妈说,"难道她不知道,这样她会……"

"她肚子里那只怪兽怎么赶也赶不走了。"朱利连忙插嘴,他不想让妈妈把那个字说出来。朱利又说:"所以我们要接受这个事实。你明白吗?"

"接受事实?你是说,她就快要……"妈妈吞掉了后半句。

朱利点点头,勉强把这些话挤了出来:"我们全都哭了,哭了好久。"

"你们哭了!"妈妈喊了出来。

朱利听得见那个大大的惊叹号。朱利的妈妈很不喜欢眼泪。

"枕头是为那些想偷着哭的人准备的。"每次爸爸忘了去学校接朱利回家时,妈妈就会这么说。

不过,这回妈妈说:"我觉得这件事不对劲。你们校长怎么说?"

朱利忍不住偷笑起来,说:"他被我们吓了一跳。"

"吓了一跳?"妈妈问。

"哎呀,"朱利试着解释给妈妈听,"克拉拉老师说要在教室后面放一张海滩椅,在那儿度假。那我们呢,我们就当

海里的小鱼。然后山迪就问,那校长是什么鱼?"朱利说到这儿不禁大笑起来:"校长是一头鲸鱼!一头胖鲸鱼!好不好笑呀?!"

"不好笑。"妈妈敲了敲桌面说,"这太奇怪了。"

她起身去拿电话,自言自语道:"这就是要有家长会的原因,这么重要的事怎么可以不跟我们商量?"

妈妈开始按电话按键,寻找通讯簿。

"朱利,你知道吗?"妈妈边按按键边说,"有一天你会明白,死亡不是什么随随便便、轻轻松松的事。连大人都很难面对,何况是你们孩子!这种事要慎重处理才行。"

她挥挥手,对朱利说:"去外面玩吧,我会把事情安排好的,你不用担心。"

去外面玩?!朱利坐在外面街边的矮石墙上,用脚跟用力踢墙。这样踢准会把鞋子踢坏。不过朱利正生着闷气,才不管那么多,反正夏天一到又得换新鞋了。

夏天?那时,克拉拉老师还会在教室里陪他们吗?还有几个月的时间,克拉拉老师是这么说的。几个月可能很久,也可能一下子就过去了。而且现在妈妈一插手,克拉拉老师能不能来看我们都还是个问题。其实同学们都已经计划好了,山迪会把家里的海滩椅搬过来;卡蒂亚有一顶很大的草帽,可以借给克拉拉老师;艾莲娜甚至要把一棵近两米高的棕榈树搬进教室来,她说用单轮推车推过来绝对没问题;而所有同学也都会带浴巾过来。他们已经尽可能地把桌椅往前挪,明天一到,他们就会摆好海滩椅,在它四周铺满浴巾。他们要让这个角落看起来就像真的海滩一样。校长说,他担心这样学生会不专心上课,但克拉拉老师向他保证,度假的人只是她自己,而不是四年级的学生。

"认真上课的人才能到我的海滩上来玩。"克拉拉老师这样警告着。然后全班同学都说,他们一定会比以前更认真地上课,因为每个人都想去海滩上玩。

然而此刻,妈妈正打电话给其他家长,要说服他们一起来阻止这件事。

朱利闷闷地想着:"这种事妈妈最厉害了。"

"太厉害了!"朱利的爸爸总是这样嘲讽妈妈。每逢周末,朱利去爸爸家住时,只要一提起妈妈不准他做这个而要他去做那个的时候,爸爸就会这么说。克拉拉老师就快死了,这当然是一件很可怕的事。朱利根本不敢多想。然而,克拉拉老师想陪他们坐在教室后面,也不是什么坏事啊。绝对不是,反而让人很高兴。这和死亡一点儿关系也没有。

也许他应该去克拉拉老师家,请老师打电话和妈妈谈

谈,告诉妈妈根本没有什么好怕的。

"没错。"朱利想,"我这就去找克拉拉老师。妈妈会听她的话。"朱利跳下石墙。他知道克拉拉老师住在哪里。他常常在回家路上把同学写给老师的信投进她家信箱。跑着去的话,十分钟就到了。

第四章 苹果树

朱利按了按门铃,铃声在屋里响起,清晰可闻。过了不久,麦德特先生前来开门。他身上的绿色工作服沾满了泥巴,手上也是。

"我来找麦德特太太。"朱利腼腆地说。麦德特先生点点头。

"克拉拉在客厅里。"麦德特先生说,"你自己过去吧。我正在花园里挖土,我们想种棵苹果树。"

朱利踩了踩脚垫,把鞋底清干净,同时看着麦德特先生穿过对面那扇门回到花园去。他得自己去见克拉拉老师。他很希望麦德特先生能陪他一起过去,他真的希望那样。

朱利缓缓走过长廊,一步一块地砖,像一只在冰面上学走路的小企鹅,摇摇摆摆地前进。然后,他怯生生地敲了

敲客厅半透明的玻璃门。

"请进!"

克拉拉老师坐在沙发上,背后垫着抱枕,腿上盖着一条毛茸茸的毯子。她没戴那顶针织帽,而是用一条鲜黄色的毛巾把头包起来,头顶上有两个有趣的毛巾结,像魔鬼的犄角一样。

"嗨,朱利!"克拉拉老师说。

"嗨。"朱利的嗓音突然变得有些沙哑。

"要不要喝果汁?"克拉拉老师问。

朱利点点头,虽然他一点儿也不渴。不过,果汁可能会让他的声音恢复正常。而且除了点头说好,他也不知道该怎么开口说明他的来意。

"厨房架子上有玻璃杯,果汁在洗碗槽旁边。你自己去倒好不好?我在这儿坐得正舒服,懒得起来。"克拉拉老师微笑着说,"还好我明天就要去你们教室度假了,不然我整天无聊地躺在这儿都快变成大懒虫了。我可不想让自己变得那么懒。"

朱利把浓缩果汁倒进玻璃杯,再慢慢加水进去。他回到客厅时,看见克拉拉老师在沙发上坐直了身子。

"怎么样?"克拉拉老师好奇地问,"有什么事吗?"

朱利喝下一小口果汁。他该不该一开口就直接说,他妈妈不想让老师回教室去,而且已经打电话通知其他家长了?克拉拉老师能不能理解妈妈这么做并无恶意?朱利沉默地坐在那儿。

"有话很难说出口吗?"克拉拉老师问。

"嗯。"朱利承认。

"说出来吧。不说的话会肚子痛哟。这是我前阵子才学到的。"克拉拉老师说。

"我妈觉得你不应该回教室去找我们。"朱利说。

"不应该?"克拉拉老师问。

"她觉得这样对小孩子不好。"朱利说,"可是你来教室里度假,和那件事根本没关系啊!"

"哪件事?"克拉拉老师又问。

朱利双手捧着玻璃杯。那个可怕的字眼他说不出口。可是克拉拉老师等着他说。

"就是你快要死掉的事。"朱利喃喃地挤出了这几个字。

他怯怯地望着克拉拉老师。他得罪老师了吗?老师没有避开朱利的目光。

"这个字真的很难说出口,对不对?"克拉拉老师善解人意地说,"你知道吗?我一开始也不敢说这个字,总是拐弯抹角地说。比如,人生的终点,大限的日子,和世界说再见的时候,还有其他所有我能想到的说法。然而我又想,我

真是个胆小鬼,竟然怕一个字。所以从那天开始,我每天早上都坐在浴室镜子前对自己说,'早安,你就快死了。'"

朱利盯着克拉拉老师瞧,露出不可思议的表情。

"真的,真的。"克拉拉老师笃定地说,"我真的这么说。如果你每天都这么说的话,就没什么可怕的了。而且我还可以这样回答自己,'好,不过你今天还不会死。'你懂吗,朱利?这样的话,我那一天就会过得很好。不信你也说说看。"

克拉拉老师微笑着鼓励朱利。那是一抹无法拒绝的微笑。朱利感到双唇僵硬,喉头紧绷到像吸管那么细,他必须很用力地把那个字挤出来。

"你就快……死了。"朱利小声地说。

"大声一点儿。"老师用那种让人不得不照办的口吻要求着。

"你就快死了!"这句话从朱利双唇间冲了出来,把他自己吓着了。朱利紧紧抓住椅子边缘。如果克拉拉老师就在这个时候……朱利双膝颤抖着……那就会是他的错。然而,克拉拉老师一点儿都不怕,就算她真的会在那一刻死去。

"把句子说完。"克拉拉老师说。

"不过,你今天还不会死。"朱利吞吞吐吐地说。

这句话像魔咒一样,出乎意料地安慰了朱利,让他鼓起勇气加了一句："明天也不会。"

"没错。今天我会把苹果树种下去,明天我会去你们教室度假。"克拉拉老师坚定地说。

"你给我妈打个电话,好不好?"朱利终于有勇气提出请求了,"你可不可以跟她这样解释一下?如果她明白你的想法,应该就不会反对这件事了。"

克拉拉老师应道:"可以。不过,我现在要先去花园一下。"

朱利扶着克拉拉老师坐进轮椅,然后推着轮椅穿过后门来到花园。

麦德特先生站在一个深度及膝的土坑里。

"快挖好了,克拉拉。"麦德特先生边喊边铲起一铁锹的泥土,抛到土坑外,然后说,"好了,这样就可以了。"

他爬出土坑,请朱利帮他把桶里的树苗从车库搬到土坑旁。

"也许今年秋天你就有苹果吃了。"克拉拉老师说道。

朱利和麦德特先生小心翼翼地把树苗放进土坑里。

克拉拉老师又揣度着说:"又酸又甜的苹果。你会动脑筋想,是直接这样吃呢,还是把它煮成苹果泥?或许你会想做个苹果蛋糕?做苹果蛋糕最好了,每个人都能分到一点儿。我会把我的蛋糕食谱拿给宋妮亚,她一定会帮你烤个蛋糕的。"

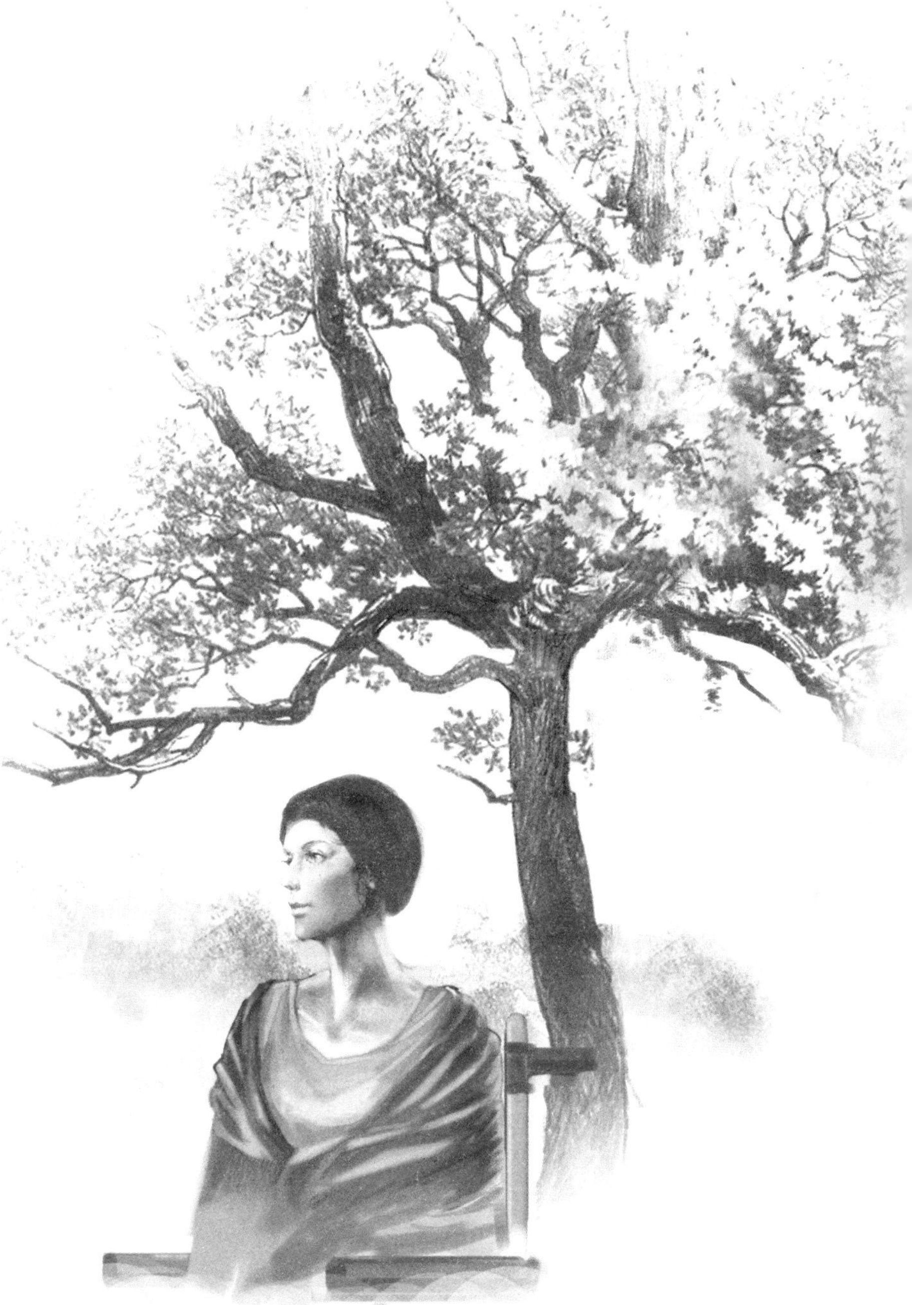

麦德特先生出神地盯着前方,然后轻声地说出真心话:"搞不好到了秋天,我根本没心情吃苹果蛋糕。我只会把苹果装进纸箱,放在门口请大家吃。"

"你敢!"克拉拉老师嗔怪着,却又伸出双臂,让麦德特先生跪坐在轮椅旁,把头枕在她腿上。

朱利听见了麦德特先生的啜泣声。他把目光瞥向克拉拉老师,发现老师也在哭。然后他就不知道该往哪儿瞧了。大人不是不可以哭的吗?

朱利真想钻进地洞里消失掉。不,不是这样。他其实也很想趴在克拉拉老师的腿上,让老师抱着他大哭一场。可是他不能这么做,那个位置是麦德特先生的。于是他拿起铁锹,把土铲回土坑里去。

朱利不停地埋头铲着,丝毫没留意到土堆快把树干埋住了。

"停下来!"麦德特先生突然站在朱利身边,用纸巾擦了擦脸,大声说,"你差点儿把树埋起来了!"

埋?!

朱利猛地放下铁锹,就像突然被大黄蜂叮到一样。

"我哪有?!"他生气地大喊。

"没事,没事。"麦德特先生赶紧回答,"没那么严重啦。"他拿起铁锹,小心翼翼地把树干旁的土堆铲走,然后

用他的塑料靴把泥土踩得又平又扎实。

树苗种好以后,麦德特先生扶起轮椅里的克拉拉。老师想到苹果树旁站一会儿。

她伸出手抱住树干,说:"你一定会长得又高又大。有一天你会变成花园里最漂亮的大树,大家看到你都会很开心。"克拉拉老师把脸颊贴在树干上。

"你一定要答应我。"她耳语着,然后静下来聆听,仿佛这株树苗真的会回答她一样。

麦德特先生把手搭在朱利肩上。克拉拉老师说那句话时,朱利感觉到麦德特先生的手在他的肩膀上一阵沉重。

第五章 承　诺

有时候，朱利很能理解爸爸为什么决定搬走。因为在那样的时候，连他自己也很想搬出去住。

"我这么做还不是为了你好！"妈妈一见到朱利进门马上开口大吼，"而且我也全都解释给你听了。"她接着说："你竟然背着我跑去克拉拉老师那里告状。她病得那么严重，你还去打扰她。"

一长串连珠炮似的句子，让朱利不得不举手投降。

"她一打电话来我就浑身不对劲了。我根本不知道该说什么才好。真的很尴尬，你知道吗？尴尬极了！你为什么要做这种事呢？为什么不直接跟我沟通呢？我们不是什么话都可以讲的吗？"

朱利听了，耸起肩膀，缩起脖子，像一只想藏进壳里的乌龟。

朱利怯生生地说:"让克拉拉老师回教室来陪我们,又不是什么糟糕的事。"

"你懂什么!"妈妈发出奇怪的笑声,"你又没亲眼见过有人在你面前死掉。"

"我见过!"朱利反驳说,"爸爸养的那只兔子有天早上就突然死掉了。它根本没生病。可是爸爸说,每个人会活几年都是注定好的。兔子也一样。老天爷要让你活多久,你就只能活多久。"

"哼,你爸!"妈妈愤愤地摇起头来。朱利觉得妈妈恨不得现在就把他、或是他爸爸、或是他们父子俩一起抓起来勒住脖子。

"我们在说的是一个活生生的人,不是兔子!"妈妈说。

朱利点头。不用妈妈说他也知道。

"克拉拉老师只是想坐在教室后面陪我们而已。而且她只会在确定那一天她不会死的时候才会来。"朱利小声地说。

"你在说什么鬼话?"妈妈转身走进厨房,朱利听见她拿咖啡杯的哐啷声。朱利仍站在玄关里,茫然不知所措。又传来一阵嘶响,那是妈妈在打牛奶泡沫的声音。过了一会儿,妈妈端着咖啡走到朱利面前,啜饮了一口。

妈妈说:"你知道吗?如果有一个你很爱的人死了,那会是一件很伤心很伤心的事。没有这种经验的人是无法想象的。那种伤心会让人宁可失去所有感觉,或是把自己撕个粉碎,丢进垃圾桶里。"

朱利不想再听下去了。他不想听任何和死亡有关的事。他只希望克拉拉老师能坐在教室里陪他们,而妈妈不要阻止这件事。

"克拉拉老师只是想和我们在一起。"朱利说。

妈妈深深叹了口气。

"朱利,"妈妈一脸认真地看着朱利说,"你要答应我一件事。"

朱利点头。只要妈妈不再用那种口气说话,他什么都愿意答应。

"答应我,如果你觉得难过得受不了了,一定要告诉我,让我帮你。我不想看到你也把自己的心哭碎了。"

朱利许下了承诺。

国际大奖小说

第六章 朱利和茱莉亚

那天晚上,妈妈向朱利道了晚安,亲了他一下,把灯关掉以后,朱利静静地躺在床上。这真是漫长的一天。他不由自主地回想起一整天发生的事,两行泪水沿着脸颊滑下来,胸口一阵微微的刺痛。

他也会把自己的心哭碎吗?

"也"这个字在朱利的思绪里卡住了。为什么妈妈说"也"把心哭碎?她指的是她自己吗?有哪个她很爱的人不幸过世了?外公和外婆都还健在,理查舅舅也在。朱利想得头都快裂了,尽管他其实什么也不愿去想。妈妈想念的到底是谁?朱利想了又想。想到后来,他决定悄悄起床,走向书桌。桌上放着他的手机,那是爸爸送他的生日礼物,让他可以免费给爸爸打电话。爸爸说,这是最直接、最方便的联系方式。

妈妈对送手机这件事不太满意,不过她也没把朱利的手机没收。她只是针对爸爸"最直接、最方便"的说法嘲讽了一番。

"白天你一定联络不到你爸。早上八点到晚上八点之间,他的脑袋里只有公司的事。"妈妈说。

一开始,朱利还不太相信。但后来他发现妈妈说得没错,因为爸爸也对他这样说了,并请他谅解。

爸爸对朱利说:"我上班的时候实在没精力顾及家里的事。不过,如果我看到你哪天打过电话,晚上我一定会给你回电话。至少,等到周末也一定会打。"

朱利拿起手机,按了号码,走到窗前,从窗帘之间的空隙望向楼下的大街,等着爸爸来接电话。铃声似乎永无止境地响了好一阵子以后,耳边终于传来爸爸讶异的声音:"咦,小子,还没睡呀?"朱利听得见一阵藏在话筒里的笑声,还有后面的电视声。

"嗯。"朱利开门见山地说,"我要问你一件事。"

"问啊!"爸爸说。

"妈妈是不是曾经把自己的心哭碎过,因为有人死掉了?"朱利直截了当地问。

没有响应,只传来按下遥控器的声音。电视声消失了。朱利把耳朵紧紧贴在手机上。爸爸在那头一语不发,一片死寂。

"爸爸?"朱利说。

"你再问一次好不好?"爸爸问。他的声音里已经没有半点儿愉悦了。

朱利又问了一次,但他突然很怕听到答案。

"你等一下。"爸爸说。

朱利听见爸爸来回的踱步声,木地板发出吱吱的声响。

然后爸爸问:"你妈知道你打电话来问我这件事吗?"

"不知道。"朱利回答。

"好。"爸爸的口气轻松了些,"听好,我可以现在回答你,不过我觉得不要让你妈知道比较好。你能保密吗?"

"我可以。"朱利回答。他觉得这一天要经历的事真的是没完没了。

爸爸说:"你记不记得去年我跟你说我要搬出去的时候,你气得把你床边的壁纸通通撕了下来?"

"嗯。"朱利宁可忘记这一天。

"你后来觉得很奇怪,为什么壁纸后面的墙壁是粉红色的,记得吗?"爸爸问。

"记得啊。"朱利当时觉得很可疑,谁会把一间全新的公寓先漆成粉红色,再贴上白色壁纸呢?

"会漆成粉红色是因为茱莉亚。"爸爸说。

"茱莉亚?"朱利问。

"茱莉亚本来应该是在你之前出生的宝宝,但她在你妈妈肚子里时就死掉了。那时候我们什么都准备好了。宝宝的房间布置好了,有新窗帘,还有婴儿床。但是,宝宝的心跳就这样突然停止了。"爸爸说。

朱利想着:"和那只兔子一样。"但他现在才明白,把兔子这件事拿来做比较真的很蠢。

"我们很难接受这件事。"爸爸实话实说。

"所以妈妈就把自己的心哭碎了?"朱利轻声问。

"应该是吧。"爸爸更轻声地回答,"不过那时候,我们并没有坐下来好好谈这件事。我想,那时我们都躲进各自的蜗牛壳里,再也没有爬出来。"

朱利惊讶地瞪大双眼,他此刻也很想躲进自己的蜗牛壳里。

朱利把手机从耳边移开,喃喃地说了声:"晚安,爸爸。"然后关掉手机。

这一天发生的事情实在太多了。

朱利受够了。

朱利坐回床上。

妈妈有时候脾气很怪,是不是因为她生下来的孩子不是茱莉亚而是朱利?妈妈那么讨厌看到人家哭,是不是因为自己以前哭得太多了?朱利缩起双腿,把头靠在膝盖上。

他闻到一股沐浴乳的味道。

是不是因为茱莉亚的缘故,爸爸妈妈才把他取名为朱利?他们是不是把朱利当成了茱莉亚的替身?朱利侧身躺下,把棉被拉起来盖住头,希望自己可以马上睡着,什么都不要再想了。

第七章　教室里的海滩

朱利和艾莲娜走在通往学校的人行道上。他们轮流推着载着棕榈树的单轮推车。

其他行人必须让出路来,走到车道去。朱利留意到了他们的眼神。

"他们一定很想知道我们干吗推这棵棕榈树。"艾莲娜得意地说,还轻跳了一小步。单轮推车倾向一旁,晃得那棵树摇摇欲坠。

"小心!"朱利大喊,及时扶住了棕榈树。

"我跟你打赌,一定没人猜得到答案。"艾莲娜根本不在意树是不是快倒了。

"当然没人猜得到。"朱利想着。

谁会想到要把一间教室变成一片海滩?除了他们的克拉拉老师,没有人想得到。

克拉拉老师常有这种很天才的点子：他们二年级的时候，克拉拉老师出人意料地把教室变成了一座想象中的天堂；他们三年级的时候，有一次克拉拉老师发给每人一副

眼罩,让他们这一长排蒙着眼的小学生从城里这一头走到那一头去,只是为了让他们用耳朵去体验这个世界;去年秋天,克拉拉老师把他们分成小组,每组发一张神秘的海盗藏宝图,让他们分头去寻宝。结果他们一起找到了藏宝箱,那个箱子就埋在克拉拉老师家的花园里……

这时朱利才想到,就是他们现在种苹果树的地方。藏宝箱里放了好几本书,那是克拉拉老师打算在工艺课时念给他们听的故事。有本书念到一半就没机会念下去了,直到现在也还没念完。校长不会在工艺课时念故事给他们听,他只会忙着处理公文,让他们自己画画或做劳作。所以那本书就夹着书签一直摆在书架上,仿佛一个故事可以这样没有结束地结束似的……

"你在想什么?"艾莲娜打断了朱利的思绪。

朱利低着头,盯着自己的双脚一步一步往前移动。

"你能想象有一天克拉拉老师突然不见了吗?"朱利有些迟疑地问。

"不能。"艾莲娜回答得很快,然后又说,"也许根本不会发生这种事。有时候会出现奇迹,你知道吗?"

"我知道,可是……"朱利若有所思地说,"奇迹不会发生在普通人身上。"

"克拉拉老师又不是什么普通人!"艾莲娜生气地说,"她是一个很特别的人,世界上绝无仅有的人,所以奇迹一

定会发生在她身上。不然就太不公平,太没天理了。"

"你真的这么相信?"朱利问。他心里浮现出一线希望。世界上每个角落都有奇迹发生,有时一星期内就会发生好几桩,朱利是从新闻里得知的。一个发生在克拉拉老师身上的奇迹,有什么不可能?她值得啊!

"奇迹一定会发生的。"艾莲娜十分确定地说,"我甚至可以跟你打赌。"

他们并肩行进着。现在轮到朱利推车了。单轮推车很重,朱利的手心不停地冒汗。

如果艾莲娜说的是真的,那该有多好。他也很想这么笃定地相信。不过,他可不想打赌。他不禁想起他的姐姐茱莉亚,她也值得让奇迹发生在她身上。然而,不知道为什么,奇迹就是没发生。

"不行,不能拿奇迹这种事打赌。不过,可以把它放在心里祈祷,要一直想着它一定会发生。"朱利说出结论。

山迪在校门口等他们。他们三个一起走进教室,合力把棕榈树从推车里抬出来,摆在教室后面的窗边。棕榈树前面摆了海滩椅,椅子刚好在树荫下,是个清凉舒适的好地方。就在上课铃响前,卡蒂亚走进了教室。她穿着家居鞋,拖着步伐走到黑板前面,头上那顶大草帽一直滑下来遮住眼睛,她必须不时地举起手来把帽子往后推。她的另一只手抓着一个大袋子,把它一路往前拖。

"你们看,我昨天又想到了什么!"卡蒂亚大声说完后,用力把袋子一翻,一块发亮的、水蓝色的布滑了出来,有好几米长。

"我昨天和我爸妈去买的。"卡蒂亚说。

她细心地把布铺在最后一排课桌椅的后面。"这里是我们的海。"卡蒂亚说。她露出满意的表情,在波浪的布面上轻跳起来。

今年一月才转来的新同学莉娜,虽然根本不认识克拉拉老师,也从书包里拿出一个纸箱,箱子里有许多贝壳。她有点儿害羞地笑着说:"从波兰带来的。可以放在我们的海里。"

朱利选了一个灰色的大贝壳,因为这个贝壳让他联想起蜗牛壳。他把贝壳藏在两道蓝布波浪之间。不知情的人根本看不出来那儿有贝壳。

朱利想着:"就是要让人看不出来。"虽然现在同学都咯咯笑个不停,拿着浴巾在海滩上推来推去地开玩笑抢位置,又紧紧躺在一起等克拉拉老师来,但朱利心里明白,这并不是一场轻松好玩的冒险游戏。也许,也许他宁可变成一只小螃蟹,钻进那个灰色的大贝壳里。

艾莲娜侧过身来看着朱利,她的刘海儿弄得朱利脸颊好痒。他们全都这么近地躺在一起。朱利这才发现艾莲娜

鼻尖上有一颗雀斑。艾莲娜挤了挤鼻子,仿佛那颗棕色的斑点让她鼻头发痒。

"朱利,"艾莲娜悄声地说,"只要克拉拉老师到海滩上来和我们在一起,她的身体就会好起来。你感觉到了吗?"

第八章　最后一章

外面春草正绿,繁枝抽出新叶,百鸟争鸣。然而,这间四年级的教室里已是一幅盛夏的景象了。大家在早上八点到学校的时候,还穿着夹克、毛衣和长裤,但他们脱下来吊在衣架上的不只是夹克。这些四年级的学生穿着短裤和T恤衫坐在课桌前,一下课就把它们脱下来丢在椅子上,只穿着游泳衣挤到教室后面的海滩上,围着坐在海滩椅上的克拉拉老师。就连校长也帮了他们一个大忙。他偷偷地把教室的空调温度调到26摄氏度,自己也穿上白长裤和条纹T恤衫,戴上一顶帅气的船长帽。没人告诉他,其实他是一只胖鲸鱼。

那真是一段美好的日子,快乐极了。同学里没人吵架,每个人都很认真地上课。莉娜吞吞吐吐念不好课文时,也没人会取笑她,连山迪也不会。有时,接近中午的时候,克

拉拉老师会打起盹儿来。这时,教室里会变得很安静,每个人都专心读着自己的书。

"睡觉是好事,有益健康。"艾莲娜用专业的口吻在朱利耳边悄声说,"会让人很有精神。"

但是,朱利倒不太确定,因为他每次都会忍不住担心克拉拉老师再也醒不过来了。

然而大部分的时候,克拉拉老师并不会睡着,放学前的那一个小时就是她的专属时间。所有同学会围绕着她,躺在浴巾上,认真地听她念故事。那是一个关于友谊和勇气的故事,故事里的每个人都竭尽全力战胜邪恶。那股邪恶的力量藏在书中,躲在书页之间,每一翻页,就恐吓着要把好人打倒,让好人突然变得渺小软弱。有时,故事情节的发展实在太惊心动魄,所有同学都想一口气把故事听完。然而,克拉拉老师总是摇着头说,故事就像人生,谁也不能预先阅读最后一章。

在回家路上,艾莲娜对朱利说:"我跟你保证,最后一章一定是喜剧收场。邪不压正。"艾莲娜如此话中有话地强调着,朱利当然明白她真正想说的是什么。朱利也希望自己能这么肯定,但他仍是存疑。他最好不要告诉艾莲娜,说他根本不想知道故事结局,或说他很高兴老师念的那本书很厚,像永远念不完似的。因为对他来说,每一段还没念的章节都意味着老师转天一定要回到教室里来。艾莲娜有多想偷读故事的最后一页,朱利就有多想让故事永远不会结束。如果他们能像两个句子中间的句点那样永远停在那儿,该有多好!

克拉拉老师朗读的页数似乎一天比一天多了,她也似乎急着要把故事念完。她是不是有时候跳过括号里的字没读,或者跳过了一整行,甚至一整段?朱利揣测着。他不安地看着那本书读过的部分越来越厚,没读过的部分越来越薄。

结束的时刻终于来临了。克拉拉老师念出故事的最后一行,那本书摊开着在老师的腿上又待了一会儿,然后啪的一声合上了。

艾莲娜推了一下朱利。

"你看吧,喜剧收场。我不是一直都这样跟你说吗?"艾莲娜目光炯炯地看着朱利。

然而,朱利只能呆呆地盯着浴巾。

故事就这样结束了。

山迪的声音传了过来,听起来好遥远。他问老师下一本书是什么。

"明天我会带一本故事集来。"克拉拉老师愉悦地向大家宣布。

朱利握紧了拳头。难道他们都不懂这意味着什么吗?

他们的确不懂。他们在浴巾上伸起懒腰,全都想知道那本故事集是不是像这本书一样精彩。

克拉拉老师摇了摇头。

"那本故事集啊,"克拉拉老师说,"所有我教过的四年级学生都听我读过。我觉得这是有史以来最好的一本童书。你们知道吗?"老师的目光掠过那片蓝布的海水,飘向远方……"我常遇见那些毕业很多年的学生。他们已经是大人了,也都学有所成,但我仍然可以从他们身上感受到我们分享这些故事的美好时光。那种感觉真的太美妙了。"老师的手轻抚过书的封面。

"我真的很想知道你们以后会变成什么样子,是不是还保有故事里的那份勇气和真诚。"克拉拉老师有些忧伤地微笑着。

"我一定会有的。"卡蒂亚说,"因为我以后会当医生。"

"我也会有!"山迪不落人后地说,"我会和我爸一样,当盖屋顶的工人。我爸总是说'如果心里还有一点儿害怕,迟早会从屋顶上摔下来'。"

接下来,教室里嗡地响起一阵讨论未来职业的声音,每个人都急着想发表自己的志愿。克拉拉老师举起手来,请大家保持安静。

"这样好了,"克拉拉老师提出建议,"明天你们通通假装自己已经变成大人了,怎么样?我们来演一场二十年后的同学会。"

"要像嘉年华那样打扮吗?"山迪问。他不住地揣想着,要装扮成航天员好呢?还是中古骑士?

"有衣服和道具的人都可以带来呀。"克拉拉老师笑眯眯地对山迪眨了眨眼,"那我就打扮成白头发、拄拐杖的老太太。二十年后,我就快八十岁了呢。"

第九章　同学会

朱利向妈妈借了一件短白袍，那是妈妈在药店上班的制服。白袍的长度到他膝盖，袖子的部分得往上折三次。

"我以为你想当农夫。"艾莲娜说。她穿着一件彩色洋装，胳膊下夹着书本和笔记。朱利知道，艾莲娜想当老师，就像他们的克拉拉老师那样。

艾莲娜其实没说错。直到昨天以前，朱利的志愿始终是当农夫。他的曾祖父拥有一座农庄，但他唯一的儿子，也就是朱利的外公，情愿当一个制造机器的工程师。

外公很喜欢说起这段陈年往事："所以你曾祖父就把农庄和所有母牛都卖掉了。他用一部分钱买了一家小店，也让我有学费继续念书。"外公觉得这实在是一件了不得的事。但朱利不觉得，因为这样他就没办法继承一座农庄了。而且外公早就退休了，再也没办法制造什么大机器。也

许他现在也宁可拥有一座农庄,那样就不用每天提着一袋面包皮跑到公园里去喂鸭子了。

"那你现在想当什么?卖猪肉的?"艾莲娜问。

"不是啦,研究员。"朱利简短地回答。这是他前一天晚上才想到的。

"你要研究什么?"艾莲娜问。

"新的药物。"朱利回答。

艾莲娜一脸狐疑地看着朱利说:"你可以吗?当研究员要比别人聪明很多才行呢!"

朱利点点头。他明白,也知道自己可能做不到。不过,在今天的同学会上,朱利想当一个发明新药物的人,而这种药可以治好克拉拉老师的病。

朱利的白袍口袋里有一个阿司匹林的纸盒。朱利细心地用白纸包住纸盒,整整齐齐地写上:"百灵药——能医百病。每日服用三次。"纸盒里有一个用完的药片铝塑包装,朱利把巧克力豆一颗颗地塞进药片格子里,而且只放蓝色的,因为那种口味最好吃。这礼物看起来的确有些幼稚,也许朱利并不会把它送给克拉拉老师。不过,每次朱利把手放进口袋感觉到药片的存在,都倍感安心。

山迪果真戴着头盔,举着宝剑,装扮成中古骑士到学校来了。

"你真的很傻呀,骑士早就死光啦。"卡蒂亚嘲笑山迪。

其他同学也笑了起来。他们装扮成机械技师、理发师和厨师,还有两位医生、一位牙医和一个穿西装打领带的外交官……全都聚集在海滩上。山迪羞红了脸,恨不得把剑举起来对准卡蒂亚劈下去。卡蒂亚如果真的被打,那是她活该。

吵架的火药味越来越浓了,幸好莉娜出来解围。她穿着一件暗红色、闪闪发亮的长礼服,脸上抹了腮红,也涂了口红。

"山迪可以在舞台剧或电影里演骑士啊。"莉娜小声地说。

"那你就可以演他的公主。"卡蒂亚说完大笑。班上每个人都知道,山迪最讨厌女生了。

"不是。"莉娜飞快地转了一圈,让长裙像伞一样翩然扬起。等到站定,长裙垂下来以后,莉娜行了一个屈膝礼,说:"我要当歌剧女歌手。在米兰演出,或是纽约。"她把身子往前倾,让一头红棕色的长发掩住她的脸。

卡蒂亚张开嘴巴,正准备说些调侃的话时,克拉拉老师刚好走进教室。她戴着一顶灰色假发,没坐在轮椅上,而是缓缓地推着一张老人助步器,那是她从老人院借来的。朱利不知道克拉拉老师是在演戏,还是真的没办法把脚抬高。

克拉拉老师坐进海滩椅,深深吐了一口气,然后说:"歌剧女歌手,我没听错吧?我的莉娜在二十年后会站在舞台上唱歌给观众听?"

莉娜把头发拨开,露出脸来腼腆地点了点头。

"那你可不可以,"克拉拉老师伸出手来央求,"今天为我稍微彩排一下?我可不想等二十年。我想现在就欣赏你的演出。"

"我、我……"莉娜看了一眼同学,小声地坦承,"我唱得还不太好。"

卡蒂亚露出一抹讪笑。

但山迪走上前说:"你还有很多时间可以练习啊!"真是出人意料,山迪的口气充满了骑士精神,"我们不会笑你的。"

"没错!"克拉拉老师很肯定地向莉娜保证,然后又说,"嘲笑别人是一件很蠢的事。"克拉拉老师看着卡蒂亚,仿佛她很清楚刚刚发生了什么事。

同学合力把几张课桌并在一起,莉娜把长裙拉高,走上这座舞台。她双手紧握,迟疑了一会儿,克拉拉老师向她点了点头。于是,莉娜放开手,吸了一口气,开口唱了起来。

那是一首波兰歌曲,没人听得懂。但是莉娜让自己的歌声往上攀升,像空中飞人似的从一个音符荡到另一个音符,而她的双手则在空中比画着。莉娜的歌声并不嘹亮,旋律降至低音时,她的声音会变得有点儿沙哑。朱利看了一眼克拉拉老师。老师用手指在膝盖上打拍子,头微微倾斜,眯起了眼睛。

朱利想着:"老师看起来不像坐在教室里,而是二十年后坐在歌剧院里。"朱利又看了一眼莉娜。那套长礼服太亮眼了,莉娜的脸颊和双唇也太红了。事实上,莉娜那样站在课桌上,时而挥舞双臂,时而把手按住心口,看起来真的有点儿滑稽。然而,没有半个人偷笑。连卡蒂亚也没有。莉娜唱完以后,不只是克拉拉老师,教室里所有人都热烈地鼓掌。莉娜神采奕奕地鞠躬致谢,就像一位真正的歌剧演员。

"我教过的学生里还没有人当歌剧歌手呢。"克拉拉老师说,"谢谢你,莉娜,谢谢。"

接下来,所有同学都想告诉克拉拉老师他们未来的职业。于是,他们排队轮流走上舞台。朱利是最后一个上台的人。他让排在他后面的同学先上去发言,因为他实在不知道该怎么说。他对科学研究和药品一无所知,他妈妈有时向他提起药店工作的事,他也一点儿兴趣都没有,因为他真正想当的是农夫。朱利站在舞台上,不安地摸了摸口袋里的药盒,一个字也说不出来,虽然克拉拉老师向他点头鼓励他。突然,朱利跳下课桌,跑到老师面前,很快地从口袋里拿出药盒,塞进老师手里。

"我很希望,"朱利轻声说,"真的很希望自己能够做到。"

克拉拉老师久久地看着那个贴了白纸的药盒,然后把

盒子翻过来,读了朱利在上面写的字。

"我也很希望能这样。"克拉拉老师过了好一会儿才说出这句话,然后哭了起来。

第十章　送出去的奇迹

全部同学围着海滩椅,努力地忍住眼泪。然后,卡蒂亚突然推了朱利一把。

"你看你做的好事!"卡蒂亚悄声责怪着。

朱利没反驳。他的双臂无力地垂在身体两侧。他无意惹克拉拉老师哭。

"你很笨呀!"卡蒂亚继续骂下去,还在朱利肚子上打了一拳,又一拳,又一拳。克拉拉老师没看到,也丝毫没察觉到。她垂着头,那顶在她光头上显得太松的假发不住地往前滑,几乎盖住了眼睛。她的眼泪露珠般地悬挂在灰色的鬈发上。

"别打了!"艾莲娜实在看不下去了。她把卡蒂亚从朱利身边拉开,并抓住卡蒂亚的拳头。

"你才笨!"艾莲娜尖声大叫,"笨死了!"

卡蒂亚奋力挣脱，但艾莲娜比她高大，也比她有力气。卡蒂亚的怒气一下子不翼而飞了，就像它之前莫名其妙凭空而至一样。此刻，卡蒂亚面对同学的责怪的目光，只感到一阵沮丧。那些目光似乎在对她说：你就偏要在这个节骨眼儿上吵架吗？你怎么这么搞不清楚状况呢？卡蒂亚，你就是这样，这么冲动又口无遮拦！

只有艾莲娜收回了责怪的目光，一脸认真地说："克拉拉老师根本不需要朱利的药。"艾莲娜大声宣告，好让全班同学都听得到："因为奇迹就快发生了，一切都会好好的，不会有事的。"

奇迹！同学们目瞪口呆地看着艾莲娜，又看了看克拉拉老师。

"真的吗？"山迪好奇地问。

克拉拉老师扶正假发，擦干眼泪。她和同学们一样感到惊讶。

"你怎么会有这个想法？"克拉拉老师问。

"因为，因为……"艾莲娜吞吞吐吐地说，"因为这世界上总是有奇迹发生。"

"奇迹发生在我身上？"克拉拉老师差点儿笑出来。

"有什么不可能？"艾莲娜为自己辩解，"你值得啊！你是最好的老师，全天底下最棒的老师。你人又好，又那么聪明，而且……"

"没错！"山迪不假思索地挥舞起他的宝剑。

"而且我们又那么爱你。"艾莲娜轻声地把这个句子说完，因为她不确定这是不是一个让奇迹发生的好理由。

克拉拉老师望着艾莲娜。这女孩怎么会有这个疯狂的想法？

过了好一会儿，克拉拉老师用十分理智的口吻说："艾莲娜，世界上有成千上万的病人，每个人都值得让奇迹发生在他们身上。"

"可是，你不想让身体好起来吗？"艾莲娜不解地问。

克拉拉老师思索了一会儿，然后摇摇头说："我也希望自己能够好起来，但不是因为有奇迹发生在我身上。奇迹这种东西，我宁可把它送给别人。比如说，送给一个病重的孩子。"

"不可以！"艾莲娜叫了起来。

"可以。"克拉拉老师坚决地说，"我过了很美好的一生。也许比我想象的短了一些，但我没有什么遗憾。一点儿也没有！所以我才想把奇迹送出去。现在，此时此地，马上送出去。"

"这样就送出去了吗？"山迪问。

"应该是吧。"老师又接着改口说，"不，我很确定已经送出去了。"

"送给谁了？"山迪又问。

朱利想着:"山迪干吗一直问这种笨问题?"

克拉拉老师回答:"如果可以让我选的话,我会送给一个小学生。"仿佛某处有一张奇迹候选人名单似的,老师只要在名字上勾选就可以了。

"一个和你们一样,对未来有远大计划的孩子。"克拉拉老师的目光掠过教室里所有同学,然后说,"一个这样的孩子需要奇迹。我不需要。"

"可是……"艾莲娜不明白了。她认为,像克拉拉老师这样把奇迹送出去是不对的。艾莲娜暗自决定,她要一直许愿,一直许愿,一直许愿,直到奇迹出现为止。等奇迹真的出现了,老师要怎么说都可以。于是,艾莲娜生气地摇头抗议。

"你们只要细心留意,"克拉拉老师说,"过不了多久,报纸上就会刊登这样的消息:有个孩子突然病好了,连医生都没办法解释原因。或是有孩子在一场意外里不可思议地死里逃生了。那就是你们送给我、我又送出去的奇迹。"

之后,朱利每天都很认真地看报纸。他会利用中午等妈妈回来的时段,坐在公寓外面看报纸。妈妈总是比他晚半小时回来。妈妈的午休时间不长,所以她不想浪费一分一秒等待朱利。朱利总是把这段时间称为垃圾时间。他经常会绕路回家,碰碰运气看会不会发现什么新鲜事。现在,他则一路跑回家,从信箱里取出报纸,坐在公寓大门旁的矮墙上埋头看报。朱利惊讶地发现,一天之内可以发生这么多事情,不只是好事,还有很多很多悲惨的事。这是朱利以前完全没留意到的。

朱利闷闷地想着,世界上有那么多令人难过的事,数都数不清。战争、饥荒、饿死的贫困儿童、因环保问题而濒临灭绝的动物、死伤惨重的意外事故和许许多多大大小小的不幸事件。

日复一日,朱利渐渐明白了克拉拉老师为什么不把奇迹留给自己。

朱利坐在矮墙上看报时,艾莲娜都会陪他坐着。她家和朱利家只隔几栋房子,所以她可以过来陪他一会儿。不,其实她应该放学后直接回家的,但她总是默默地陪朱利坐着。艾莲娜并不想看报纸,也不需要朱利告诉她报上写了什么。她只是绷着脸盯着自己的凉鞋,等着朱利读完最后一张,折起报纸,把它塞回信箱里。

这时,艾莲娜会跳下矮墙,露出一抹不太自然的笑容,说:"明天见。"然后跑回家去。

"明天见!"朱利喊着回她。但艾莲娜没有回头。朱利并不知道,艾莲娜坐在他旁边是为了防止老师的奇迹发生在别人身上。艾莲娜竭力想让自己相信她做得到。朱利一张张地翻看报纸时,艾莲娜在心里不断重复地默念着:"奇

迹是克拉拉老师的,她一个人的。不可以送出去。"

艾莲娜相信,朱利看报时的每一分每一秒,她都得这样默念,才会有效。她每次看到朱利把报纸塞回信箱时,总是大大地松一口气。

然而有一天,奇迹真的发生了,这意味着艾莲娜的努力失败了。

朱利不是从报上或新闻里得知的,而是他妈妈在午餐时告诉他的。朱利拿起汤匙喝汤时,就预感到了妈妈那天一定经历了什么特别的事。

妈妈把猪肉拌饭舀进朱利的盘子里后,开口道:"你一定猜不到今天发生了什么事。"妈妈唇边扬起一抹满足的笑意。一定是件很特别的事。

"什么事?"朱利问。

"我站在药店里弄药膏,尤塔在柜台招呼客人,克劳斯在柜子那边把新进的药品摆进去。一切都很正常。然后,我们突然听见一阵尖叫,有紧急刹车的声音,然后好大的轰的一声,什么东西撞在了一起。我们跑到外面一看,是车祸,刚好就在药店前面。一辆小货车冲到人行道上,撞上了路灯。灯杆被撞弯了,从驾驶座那儿倒下来,把挡风玻璃压了个粉碎,柏油路上全是玻璃碎片。我跑过去,那些玻璃碎片在我鞋底下嘎吱嘎吱的。那个开车的人倒在座位上,吓得脸色发白。克劳斯使尽全力把车门拉开,然后我伸手想帮那个驾驶员解开安全带,但他不肯。那个驾驶员一直念叨着'他就突然骑着滑板车冲过马路,他就突然这样冲过马路……'"

妈妈意味深长地沉默了一会儿。

"然后呢?"朱利紧张地问。他嘴里塞满了食物,因为他根本就忘了嚼。

"不骗你。"妈妈接着说,"我的心脏就那样咚的一下停了。尤塔和我互相看了一眼。尤塔说,我不敢。然后克劳斯也对我摇头。所以我就弯下腰,往货车底下瞧,两个车轮中间有一块弯了的铁片。我就想,这一定是那台滑板车。我全身发软,但还是跪了下来,伸手把那块铁片推开,后面有双球鞋。然后,我把上半身探进前车轴,抓住那个孩子,检查他的身体。还好都在。我摸到他的腿、他的手臂、他的肚子,然后是他的头。我慢慢地把他从车轮中间拉了出来。"

朱利屏住了呼吸。

妈妈说的这件事,会不会就是克拉拉老师送出去的奇迹?

妈妈点了点头,仿佛知道朱利正在想什么。她说:"这真是一个天大的奇迹。那个小男孩身上除了擦破皮和一些瘀青,还有轻微的脑震荡之外,什么伤都没有。如果当时往左或往右偏一厘米的话,他就会被车轮碾过去了。"妈妈的目光穿过朱利,仿佛正看着那场意外在她眼前回放一样。

"一个真正的奇迹。"妈妈喃喃自语。

第二天,克拉拉老师在午休前进了教室,还没等她坐进海滩椅,朱利就迫不及待地大喊:"昨天奇迹出现了!"

朱利成了目光的焦点。他站在克拉拉老师身边,巨细靡遗地把这件事说给大家听。朱利尽其所能地描绘事情的经过,有些地方不免添油加醋,说得夸张了些。事实上,妈妈的双手并没有被玻璃碎片割伤,只是稍微划破点儿皮而已;而那位驾驶员,也并没在货车前哭着走来走去。但这些添加的细节无伤大雅,重要的是,奇迹发生了。

朱利说完,克拉拉老师点了点头。

"这就是我想要送出去的奇迹。"克拉拉老师说,"那个孩子也可以是你们中的一个。"

同学们怀着惶恐的心情沉默了。卡蒂亚想着她那台收在置物柜里的滑板车。她很喜欢骑着滑板车回家,从下坡的贝格街一路往下冲。但她这时不断告诉自己,她再也不会这么做了。

"我希望,你们不要那么没大脑般地把滑板车骑到大马路上。"克拉拉老师告诫着,"不是每天都会有人把自己的奇迹送出去的。"

第十一章 道 别

那个奇迹发生以后,三个礼拜过去了,夏天也真正来临了。所有教室的门窗大开,连街上都听得见课堂里孩子的声音。老师留的功课越来越少,而且如果有人下午宁可去游泳也不想碰书本的话,老师也会睁一只眼闭一只眼,因为再过两个礼拜学期就结束了。但只有四年级的同学不愿去想这件事。

"放哪门子暑假嘛。"朱利听见山迪这么说。以往,山迪总是连声抱怨上学是件痛苦的事。而今,朱利也宁可不要放暑假。现在和同学围坐在教室后面的海滩上,再也不是什么愉快的事了,因为大家都明白,暑假过完,克拉拉老师不会再坐回这张海滩椅,不会再给大家念故事听,也不会回到教室和大家一起欢笑、惊奇和哭泣。那时,山迪可以把海滩椅搬回家,卡蒂亚可以把她的蓝布大海收回袋子里,莉娜可以把贝壳捡回去,而艾莲娜可以把棕榈树再用单轮推车一路载回家去。

这一天是克拉拉老师最后一次到教室里来,麦德特先生也一起来了。克拉拉老师坚持要麦德特先生坐在海滩椅上。

"你坐吧,反正我本来就是坐着的。"克拉拉老师轻声说。不过朱利心里明白,克拉拉老师已经没办法从轮椅起身坐到海滩椅上了。这天,克拉拉老师没穿那件彩色的洋装,而是穿着一件肥大的长裤和一件长袖衬衫,那件衬衫宽松得像一座帐篷。她的脸颊在过去几个星期以来日渐消瘦,肤色越来越像浅棕色的面包纸袋,嘴唇也越来越薄,只有那双眼睛越来越大,镶在颧骨上方,像两个深黝的岩洞。这天早上,克拉拉老师就是用这双眼睛看着每一位同学说:"你们在这里的最后一个学年①结束了,我在你们教室里的假期也结束了。现在是真正要说再见的时候了。和这间教室说再见,和课桌椅说再见,和墙上的画说再见,和这所学校说再见,和你们说再见。而你们,也要向我说再见。"这些话听起来仿佛无论和什么说再见都是一样的。

仿佛同学们也像课桌椅一样,因为熟悉、习惯了,所以

---

①奥地利小学通常只有四年,五年级到十三年级属于中学阶段。

即使已经破旧不堪也舍不得丢弃。

克拉拉老师说出这段道别的话时,朱利如鲠在喉,一句话也说不出来。同学里没人提出异议,也没人放声大哭。大家只是沉默地看着克拉拉老师把右手肘靠在轮椅扶手上,用手遮住眼睛。然后,麦德特先生推着克拉拉老师走出了教室,留下一片令人心痛的静默。校长走了进来,缓缓地、异常仔细地把黑板擦干净。

"同学们,克拉拉老师没办法再来学校了。"校长背对着孩子这样说道,仿佛他们不知道似的。

朱利想,和一个人好好说再见,不应该是这样的。他慢吞吞地把椅子倒放在课桌上。其他同学都离开了,只有山迪、艾莲娜、卡蒂亚和莉娜跟朱利一样慢吞吞的。他们都不想走出校门。

突然,山迪说:"我们本来要送克拉拉老师的那个礼物都还没送出去呢。"

朱利皱起眉头。山迪在说什么?卡蒂亚和艾莲娜站在一旁,也不明白山迪的话。

"就是这学期结束时要送给她的礼物啊。"山迪举起手指敲敲自己的额头,半开玩笑地说,"我这里不太灵光。不过我记得,去年秋天我们讨论过,要一起送克拉拉老师一本书,当作学期结束时的礼物。"

没错！朱利把这件事彻底忘光了,他们那时还讨论了好久呢。他们打算用零用钱合买一本书送给克拉拉老师,不让父母出钱。艾莲娜把小猪存钱罐带来,放在她的置物柜里,谁有多余的零用钱就可以悄悄地放进去。到了十一月底,他们把存钱罐敲碎,仔细数了数那堆硬币,小猪肚子里的钱超过了五十欧元。他们用这笔钱买了一本又大又厚的精装书,书名是《一百个最美丽的欧洲旅游景点》。他们一起小心翼翼地翻阅了这本书,猜想着哪个地方会是克拉拉老师最想去的。

想到这里,朱利不禁难过起来。克拉拉老师再也不能四处旅行了,再也不能去希腊看古老的圣殿,不能去意大利攀登那座随时会爆发的活火山；再也不能观赏弗拉明戈舞,不能聆赏苏格兰风笛；再也不能去法国最好的餐厅品尝法国菜,不能去北欧在冰屋旅馆过冬。她的最后一次旅行,去的不是这些景点,而是他们的教室,是在课桌椅后面和沾满灰尘的书架之间假想出的一片海滩上。她闻到的不是英国玫瑰花园里的花香, 而是T恤衫和袜子的臭汗味。她喝的不是冒泡泡的香槟酒,而是学校里的温牛奶。就算莉娜将来真的成为一位知名的歌剧女歌手,克拉拉老师欣赏到的也只是一个圆嘟嘟的、穿着红过头的长礼服的女孩子那有些荒腔走板的即兴演出。

朱利还记得,因为这本书实在太棒了,他们当时决定

不等到来年六月再送给克拉拉老师,而是在圣诞节就送出去。然而,圣诞节还没到,克拉拉老师就病倒了。然后过了复活节,直到现在……大家全把这件事给忘了,除了山迪。其实,山迪真正想送给克拉拉老师的并不是书,而是邀请她某一天去游乐场玩赛车。

"我们今天下午就把书送去。"山迪大声地为大家做出决定。谁也没想到,竟然是山迪提醒了大家这件事。艾莲娜和卡蒂亚点头同意。山迪说得没错,他们得马上把书送过去。甚至艾莲娜也终于接受了这个事实——奇迹不会发生在克拉拉老师身上了。

"我们组成一个代表团,下午三点在运动场那边碰面。"卡蒂亚说,然后又心胸宽大地加了一句,"山迪可以当团长。"

"真的?"山迪脸上露出得意的光彩。

卡蒂亚点点头。

"那我要代表致词吗?"山迪的鼻头上出现了一道担心的皱纹,"我要说什么?"

山迪看了看朱利。朱利沉默不语,他的思绪早就飘到了很远的地方,根本没听见山迪的话。

"也许我可以说,我们希望她会喜欢这本书。好不好?"山迪说。

"不错。"卡蒂亚说,"尽管没什么特色,但已经不错了。

朱利,你有没有想到什么更好的?"

朱利看了看山迪,又看了一眼卡蒂亚。

"你们在开玩笑吧?"朱利淡淡地说,然后转身跑开了。

所有人都惊讶地看着朱利的背影。

"他有毛病吧?"山迪说,"当时是他最想把这本书送给老师的,因为老师那么喜欢旅行。这是他自己说的。"

艾莲娜抓着自己的头说:"啊,我们笨死了!这真是最笨最笨的礼物。你们想,老师现在能去哪儿旅行?她现在哪有可能旅行?"艾莲娜丢下其他人,去追朱利了。

卡蒂亚、山迪和莉娜垂头丧气地看着彼此。

"我们可以把书退回去,再买别的礼物。"山迪建议。他心里想的是游乐场的赛车游戏。克拉拉老师还有力气玩赛车吗?也许请她坐在旁边看,她就会觉得很好玩了吧?

卡蒂亚思索了半响,说:"再也找不到什么合适的礼物送她了。这样的一场道别,没办法送礼物。就这样。就此结束。"

"可以送花。"莉娜小声地建议,"不论什么场合都可以送花。"

"要把花放在她的坟墓上吗?"卡蒂亚突然怒火中烧,跟那本愚蠢的书生气,跟这些同学生气,跟自己生气。

"随便你们,我不管了!"卡蒂亚大喊,也跑开了。

莉娜涨红了脸。

063

"我们每年都会买好多花放在我波兰外婆的坟上,我想我外婆一定很高兴。"莉娜低下头小声地说。

"可是,"山迪把身体重心移到另一只脚上,露出一副沮丧的表情说,"可是我们又不能现在给克拉拉老师送花。你不懂吗?她又还没死。"

第十二章　费多林

朱利从大马路拐进公园和运动场之间的小路,艾莲娜追上前去。

这条小路十分隐秘,也无人管理,沿着公园边的矮树丛蜿蜒而去,直到一条火车铁轨为止。山迪总爱夸口说,他曾经很大胆地学印第安人那样,把耳朵贴在铁轨上听火车是不是来了。他还宣称,他敢闭着眼睛在铁轨上走,一直走到铁轨转弯那里。

"你妈说过你可以走这条路吗?"艾莲娜突然发问。

朱利摇头。当然不准。不过,他今天不想管那么多。

"你不想跟来没关系啊。"朱利喃喃地说。但他其实又很希望艾莲娜不要丢下他一个人。

"我们来这里干吗?"艾莲娜跟着朱利边走边问。

朱利耸了耸肩。他也不知道。他只是想做一些没做过

的事，一些妈妈不准他做的事，好让自己忘掉长久以来盘踞心头的烦恼。

　　他们两个就这样一前一后地沿着小路往前走，也没去留意那些会绊住脚的藤蔓。有些地方很臭，有狗屎味。再往前走，快到铁路路堤那儿，有人丢了一大包垃圾。蓝色的垃圾袋被猫咪或其他动物扯破了，里面的东西被它们咬得到处都是，都是些旧衣物和……朱利突然停下脚步，后面的艾莲娜来不及刹车，撞了上去。朱利指着路边的一个东西，一个没穿衣服的洋娃娃躺在青苔上，缺了一条腿。他们两个吓坏了，互望了一眼，马上牵起手来往回跑，跑回大马路上。

"怎么会有人做这种事？"艾莲娜说。他们坐在人行道上喘着气。艾莲娜的声音微微颤抖着。

"洋娃娃坏了呗。"朱利说。

"坏了也不能当垃圾乱丢啊！"艾莲娜愤愤不平地说。

"只不过是个洋娃娃嘛！"朱利略带轻慢地反驳，因为他不想承认自己和艾莲娜一样被吓坏了。

"如果我是洋娃娃的主人，我会把它留下来。"艾莲娜说。

"你留它做什么？它都坏了，玩不了了，还脏兮兮的。"朱利不禁偷笑。

艾莲娜回答："我会把它埋起来，装在漂亮的盒子里，很正式地埋起来，还要为它祷告。"

艾莲娜不好意思地笑了一下。朱利会觉得这很可笑吗？但朱利只是忙着在马路上踢石头。

"你埋过什么吗？"朱利轻声问。

艾莲娜回答说："埋过我的天竺鼠。我把它装在鞋盒里，带到公园去埋起来。就在那里，那个蒲公英特别多的地方。"

"在公园里？"朱利问。

"我星期天一大早去埋的，这样才不会有人看到我在那儿挖土。如果你想知道在哪儿，我可以指给你看。我在那里摆了一颗白色的石头。"艾莲娜拉起朱利，一起沿着马路

走向公园。走进公园没多久,朱利就看到那个埋天竺鼠的地方了。他把手藏在口袋里,忍不住想起那只死掉的兔子。爸爸把兔子装进一个塑料袋,交给了专门处理动物遗体的地方。爸爸说,只能这样了,因为他住的地方没有花园。早知道如此,他也可以学艾莲娜,偷偷把兔子拿到公园埋起来。

"我把它埋了之后,"艾莲娜说,"还很小声地唱了一首它最喜欢的歌。唱完歌,教堂的钟声刚好响了,配合得实在太完美了。"

艾莲娜从书包里拿出一只蓝色的粗体彩色笔,弯下身把那颗白石头捡起来。她用彩色笔重描石头上淡化的笔迹。描完后,把石头递给朱利。朱利看到石头上写着:费多林,三岁。

艾莲娜采了好多蒲公英,放在埋天竺鼠的地方。

"它最喜欢吃新长出来的嫩叶。"艾莲娜告诉朱利。

"可是它现在又吃不到。"朱利回道。

"我知道。"艾莲娜细心地把石头压在蒲公英叶子上,说,"不过,它应该会感觉到我还是很喜欢它,很想念它。"

朱利的脑袋突然开了窍。

"你的意思是说……"朱利有些踌躇地问,"我们应该送克拉拉老师那本书,好让她知道我们会很想念她?"

艾莲娜思索了许久。

"人和天竺鼠不一样。"艾莲娜说,"况且费多林已经死了,它也不会在意我有没有把它最喜欢的食物摆在这儿。我这么做,只是让我自己好过一点儿而已。不过,克拉拉老师……她可能会更难过,等到她快……"

"你的意思是说,我们可以……"朱利努力想着克拉拉老师浴室里的那面镜子,才有勇气把这个句子说完,"把书放在她坟墓上?"

艾莲娜愣了一下,然后摇摇头说:"这样行不通吧?没有人这么做吧?"

"书放久了会烂掉。"朱利实事求是地说,"也说不定会被人偷走。那么漂亮的一本书,小偷又到处都是,墓园里也一定有。而且……"朱利脑海里浮现出一个滑稽的画面,让他忍不住偷笑起来。他看见克拉拉老师晚上扮成幽灵,好让别人不会注意到她偷偷跑进墓园。她蹑手蹑脚地走到自己的坟墓旁,舒服地坐下来,戴上眼镜,翻阅起那本书,旁边蹲着一个摇摇晃晃的天竺鼠骷髅,啃咬着书页。

"老师什么也读不到,就像你的费多林什么叶子也吃不到一样。"朱利笑着说。

艾莲娜叹了一口气,说:"我真的很想送克拉拉老师一个很好的礼物,让她开心的礼物。"

朱利点头说:"我也是。"

"你想不出什么好点子吗?"艾莲娜问。

"要我想？"朱利抗议。

"对呀，你每次都会有好点子。再认真想一下嘛。"艾莲娜充满期待地看着朱利。

朱利摇摇头，脑袋里空空的，仿佛他从来没想出过什么好点子。他皱起眉头，装出一副认真思索的样子。

"想不出来。"朱利假装想了好一会儿，然后说。

"你要相信自己，你一定想得出来。"艾莲娜责怪朱利。

"相信自己？就像相信你说的奇迹那样？"朱利知道这句话说得有些伤人，但他已经不去期待什么不可能发生的事了。

艾莲娜沉住气。这句话确实伤人，但没有错。艾莲娜又在期待奇迹出现了。但这一次，克拉拉老师不会把奇迹送出去，因为送礼物这件事她完全不知情。

艾莲娜大声回答："你不相信没关系，我相信就好。你只负责认真想该送什么礼物。同意吗？"艾莲娜伸出手要和朱利握手约定，但朱利迟疑了。他不确定自己会想出什么好点子。

"至少试试看嘛。"艾莲娜抓起朱利的手，握了一下。

"我现在必须回家了。"朱利把手抽回来，转身跑开。

"你已经答应我了，听到了没？"艾莲娜对着朱利背影大喊。

朱利边跑边想着，才没有咧。

第十三章　茱莉亚

朱利回到家,看见妈妈坐在厨房里,桌上摆着一个空盘子。妈妈这么做是要让朱利知道,他让妈妈久等了。

"你去哪儿了?我一到午休时间就匆匆忙忙赶回来,还不是为了让你吃一顿热腾腾的午餐?结果你给我在外面闲晃。"妈妈责备道。

"对不起。"朱利喃喃地说。他一屁股坐下,把盘子推到汤锅前面。

"你去哪里了?"

"和艾莲娜在公园里。"朱利知道他最好不要提起去铁路边的事。

"在游乐场那边?"

"不是。"朱利既讶异又疑惑地摇摇头。沙坑和荡秋千是幼儿园小孩子玩的。

"不然在哪里?"妈妈此时提高了分贝。

"在大树后面那边。"朱利想一句话蒙混过去,但妈妈不肯罢休。

"为什么?"妈妈用怀疑的口气问。

朱利盯着他的空盘子。妈妈就不能安安静静地给他吃的吗?

那只大汤勺舀起食物,移到了锅边。就快要有东西吃了,妈妈也不会忙着说话了。

"因为费多林埋在那里。"朱利吐出了这句话。妈妈手里的汤勺掉回锅里去。

"谁?"

"艾莲娜的天竺鼠。"朱利回答。他很讶异妈妈竟然有点儿恐慌。难道她以为费多林是个人?人怎么可能埋在公园里?

"艾莲娜有……"朱利想给她解释。

"一勺还是两勺?"妈妈打断朱利,然后没等朱利回答,就直接往他的盘子里舀了两大勺。

朱利把盘子拉回来。他估计到了,就是这样,和死有关的事情都不能说。

可是朱利想说,他知道自己很想说。

"艾莲娜把她的天竺鼠埋在那里。是偷偷埋的,因为公园里不准做这种事。"

朱利看了看坐在对面的妈妈。妈妈把自己的盘子盛满，仓促地吃了起来。

"艾莲娜把天竺鼠装在一个漂亮的盒子里，还为它唱了一首歌，那只天竺鼠最爱听的歌。"朱利滔滔不绝地说，"唱完以后，教堂钟声刚好响了。然后艾莲娜还找了一颗石头，在上面写字，摆在埋天竺鼠的地方。就像真正的葬礼那样，虽然它只是一只天竺鼠。"

朱利停了下来。难道妈妈不明白，朱利很想谈谈和死亡有关的事？他也很想告诉妈妈，克拉拉老师今天早上没办法和他们好好说再见。还有，如果可以的话，他也想谈谈茱莉亚，那个不曾在粉红色房间里睡觉的小女孩。然而，妈妈只顾着吃午餐。她狼吞虎咽地吃着，仿佛要把朱利的话嚼都不嚼直接吞到肚里去。

"其实爸爸也可以把兔子埋在公园里，不用把它装进塑料袋送走，它又不是垃圾。"朱利慢条斯理地说。然而，接下来发生的事让朱利吃了一惊。因为妈妈一听这番话，马上从椅子上跳起来，把嘴里的食物全吐在洗碗槽里，跑回她房间去了。

朱利在餐桌前又坐了一会儿。他一点儿都不饿了，但还是把盘子里的东西吃完，把盘子放进洗碗机。他看了一眼墙上的时钟，两点了，妈妈该回去上班了，不然会迟到。朱利缓缓走向妈妈的房间，仔细聆听。什么声音也没有，就

像妈妈不在里面似的。朱利按下门把,推开门。妈妈坐在床上,她的钱包敞开着搁在大腿上,手里拿着一张纸。

"妈妈?"

妈妈抬起了头。朱利看到妈妈没在哭,松了一口气。他在妈妈身边坐下来。有那么一瞬间,妈妈似乎想把那张纸赶快折起来塞进钱包,但她没这么做。朱利偷瞄了一眼,是一张照片,只有黑白的影像,看起来就像有人用铅笔在纸上随意涂抹,然后用沾湿的手指把笔迹抹成一片模糊。

"她小到可以用火柴盒装起来。"妈妈说,"她那时候只有这么小。"

"茱莉亚?"朱利小声地说,"爸爸跟我说过了。"朱利加了一句,好让妈妈明白他是怎么知道的。

妈妈心不在焉地点了点头,摸着那张照片,把折痕抚平。

"本来一切都很顺利。"妈妈说,"我的肚皮也稍微隆起来了。虽然超声波时还看不出她的样子,但我有一种强烈的感觉,她是女孩子,是茱莉亚。你爸爸说,这个阶段还太早,没办法确定是男孩还是女孩。不过,他还是把婴儿房漆成了粉红色。他还偷偷笑着说过,如果到头来发现是个男孩子,是朱利的话,那我们就得马上把房间变成蓝色,免得这小家伙一回家就被吓到。可是……"

朱利靠过去,倚在妈妈身上。

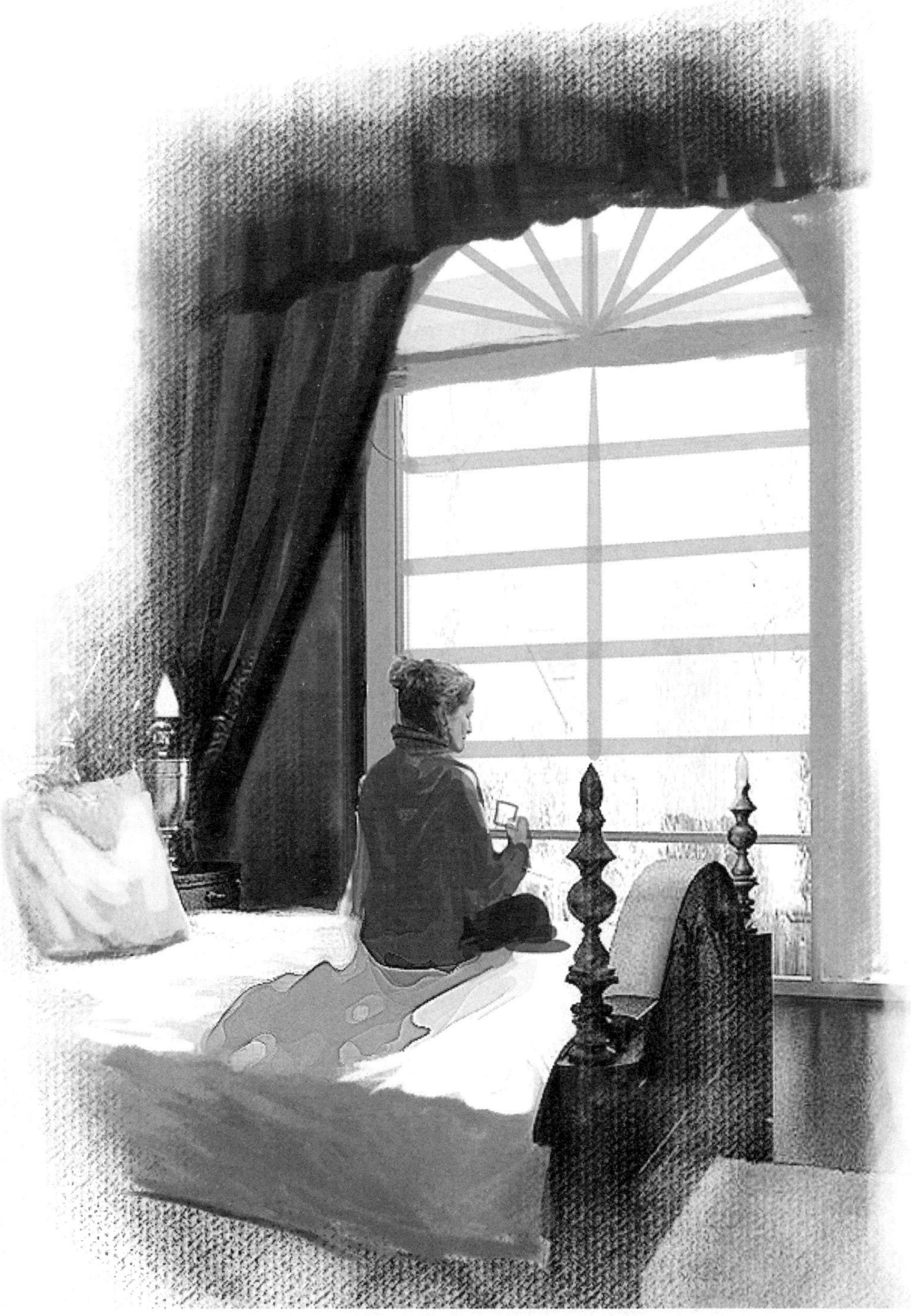

"然后,"妈妈悄声说,"不知道哪里出了差错,在医院里……"她突然停了下来。

"她的坟墓在哪里?"一阵伤心的沉默之后,朱利开口问。

"她没有坟墓。"妈妈紧接着回答。

"可是……"其实朱利想说的是,怎么可以这样。

"就是没有!"妈妈的口气从伤心转变成怨愤,"突然间,我的肚子变成比肚子里的孩子重要了。我的茱莉亚只是一团死掉的细胞,要在肚子遭受感染之前尽快除去。医生把里面清得一干二净,全部丢掉了。"妈妈突然捂住嘴巴。

"我不想这样对你说这件事。"妈妈在生自己的气,"对不起,朱利,把我说的忘掉吧。"

朱利睁大双眼看着妈妈。

妈妈紧紧抱住朱利,抱得朱利都疼了,然后又突然把朱利推开,站了起来。她走到窗前,往下凝望大街。朱利等着。他不敢从床上站起来。突然,妈妈伸直背,转过身来面对朱利。

"她只有十四毫米那么大,手脚也还没长出来。"妈妈十分理智地为朱利说明,仿佛这样可以把朱利脑袋里那幅骇人的画面删去,"医生说,其实这种情形很常见。事实上是好事。如果胎儿已经出问题了,就会自然淘汰,不再继续成长。"

"可是……"朱利抗议。

"没有什么可是。"妈妈在朱利身边坐下,又说,"是我自己的错。我从知道怀孕的那一刻开始,就每天告诉自己茱莉亚在肚子里。如果我不是这样天天重复的话,我就不会到现在还这么难过,一想到就很难过。"

这回妈妈哭了。

朱利把那张超声波照片从妈妈手中拿过来,沉默地凝视着。

哪一块灰黑的影像是他姐姐呢?就这样把她丢弃,只因为她像指甲那么小!朱利不禁想起克拉拉老师。老师说过,如果一个人没有遗憾地活过了,就能安心地接受死亡的来临。茱莉亚的生命还没开始就已经结束了。只是因为这样,就无须举办葬礼,好好把她埋葬吗?如今,没有一个地方可以让人前去悼念她。这样不对,很不对。朱利把照片放回妈妈手中,小心翼翼地缩回身子,站起来走回自己的房间。朱利打开书桌抽屉开始翻找。那里面有许多朱利不知道能做什么却又舍不得丢弃的东西,一个大贝壳,闪着银白色的珍珠光泽;一个名叫安东的玩偶,曾在他小时候陪他入睡;一只坏掉的手表,他这辈子的第一只表,去游泳时弄湿坏掉了;一张照片,上面是朱利在上幼儿园时亲吻艾莲娜的镜头……还有其他好多私密的宝藏。朱利翻找

着,他知道自己要找的是什么。一个深蓝色的肥皂罐,上面有一个金黄色的太阳。这是爸爸去巴黎出差时给他带回来的。罐里的肥皂早就用完了。朱利想到的是,妈妈可以把照片放在里面,然后他们一起把罐子带到公园去,在那里找一个最好的角落把罐子埋起来,让茱莉亚有一个属于她的空间。

朱利回到妈妈房间,看见妈妈站在镜子前梳头发。

"我要赶回去工作了。"妈妈微笑着说,"哪有员工自动延长午休时间的,克劳斯和尤塔竟然没打电话来催我。"

朱利咬了咬下嘴唇。他有些不知所措地晃着右手里的肥皂罐。

"那是什么?"妈妈问。

"没什么。"朱利回答。他突然觉得那是一个很笨的主意。给一张纸安葬,想起来真的很可笑。真的可笑吗?

妈妈伸出手抚过朱利的头发,抓了抓他脖子后面。

"对不起,"妈妈说,"我不想用这种方式谈这件事,也不想掉眼泪。这是你出生以前发生的事,早就过去了。"

"没关系。"朱利喃喃地说。

"如果你还想谈这件事,晚上我们再聊。"

朱利耸了耸肩,因为妈妈的手指头搔得他脖子不太舒服。

"不一定要聊啦。"朱利说。

"好吧,那就晚上见喽。"妈妈似乎松了一口气。她很快亲了一下朱利的脸颊,说:"晚上我们可以去看电影。"听起来像是一种犒赏。

朱利看着妈妈走向玄关,打开公寓大门,出门后把门带上。朱利想,他应该留住妈妈的。他应该告诉妈妈有一件事比回药店卖药更重要。他应该告诉妈妈他根本不想去看电影。他跑到窗边,想要打开窗,把这些话喊给妈妈听。但他什么也没做,只是看着妈妈脚步飞快地沿街走去,身体以一种奇特的方式左右晃动着。朱利转过身来,才发现妈妈的手提袋搁在床上。妈妈一急,把手提袋忘了。

朱利拿起手提袋,不知如何是好。通常妈妈下班后还会去买点儿菜,她铁定需要钱包。

第十四章　每个人都要有自己的坟墓

朱利还没想好该怎么做时,电话铃响了。朱利跑到玄关接电话。一定是妈妈打来的。她一定发现自己忘了拿手提袋,所以从药店打电话回来。

朱利拿起电话。

"怎么样?"是艾莲娜的声音。

"什么怎么样?"朱利问,虽然他知道艾莲娜指的是什么。

"有什么好点子吗?"艾莲娜咄咄逼人地问。

"没呢。"朱利迟疑地承认,"其实……"

"你可别告诉我,你连想都没想。"艾莲娜责怪道,"你已经跟我约好了。别说你忘了。"

"我没忘啊。"朱利回嘴。他知道自己听起来有气无力的。

"你根本就忘了！"艾莲娜说。

朱利站在低柜前,看着镜子里的自己。他看起来总是这么茫然吗？还是只有现在才这副德行,因为他不知道该怎么面对艾莲娜的责难？他该不该一五一十地告诉艾莲娜,让艾莲娜明白他根本没时间去想送老师礼物的事？然而,艾莲娜没让朱利有任何发言机会。

"好吧。"艾莲娜从远方发号施令,"我现在去你家,我们一起来想点子。"

"不行。"朱利马上回答。他没心情见艾莲娜。

"你说什么？"艾莲娜的口气充满怒意。

"我妈忘了拿手提袋,我要帮她拿到药店去。你明天再来好了。"这至少不是乱编出来的借口,朱利松了一口气。

电话那头一阵沉默。朱利很想把电话搁在低柜上不管,直接跑掉,艾莲娜要说话就和低柜上的卫生纸说好了。不过,朱利没这么做。

"艾莲娜？"朱利怯生生地问。

"嗯。"

朱利知道艾莲娜生气了。

"你要跟我一起去药店吗？"朱利希望艾莲娜会拒绝。

"你真的要我跟你一起去吗？"艾莲娜的口气听起来那么凄惨,让朱利忍不住偷笑起来。没有人像艾莲娜那样,那么容易被惹毛。

"真的啊，笨蛋。"朱利突然轻松起来，"我在楼下等你。"

"然后我们一起想要送老师什么礼物？"艾莲娜一旦决定要做什么事，就不会轻易放弃。

"好。"朱利屈服了，即使他脑袋里根本没有多余的空间想这件事。

药店在火车站后面。朱利和艾莲娜并肩走着。朱利拿着手提袋，一前一后地荡着。艾莲娜偷瞄了朱利一眼，心想他到底有没有在想礼物的事。

"礼物很贵的话没关系。"艾莲娜忍不住开口，帮朱利一把，"只要我们向书店的人解释清楚，一定可以把书退回去的。我生日那天得到了一些零用钱，有需要的话可以用。"

"哪本书？"话一出口，朱利就恍然大悟艾莲娜指的是什么了。他的脸泛红了。

"我还以为你正在动脑筋认真想呢。"艾莲娜又发飙了。

"我是在动脑筋啊，只不过想的是别的事情。"朱利老实地说。

艾莲娜摇摇头，失望地说："朱利，拜托，你认真一点儿好不好？你一向有好点子的，只要你认真想。"

朱利咬了咬下嘴唇。他突然决定了。他停下脚步,打开手提袋开始翻找。侧边的内袋里放着钱包,朱利把钱包拿了出来。艾莲娜瞪大双眼,困惑地看着朱利把钱包打开。难道朱利想偷钱?

"你看!"朱利把一张皱巴巴的纸举到艾莲娜面前,纸上只有灰黑的影像。

"这是茱莉亚在我妈妈肚子里的照片。她是我姐姐,还没出生就死了。我一直在想的就是这件事,而不是克拉拉老师。"

艾莲娜不知道该说什么才好,因为她根本不知道朱利有这桩心事。

"我今天想跟我妈谈谈克拉拉老师,结果她跟我说了这件事。现在我不想这件事都不行了。"朱利终于说出口,让艾莲娜明白他为什么想不出买礼物的好点子。

"你姐姐的坟墓在哪里?"艾莲娜轻声问。

"问题就在这里。医生把她丢掉了。"

"丢掉?"艾莲娜不敢相信她听到的。

"没错,因为她长得还不完整,不算一个真正的婴儿。她只有十四毫米那么大,手脚也还没长出来。"朱利学着妈妈的口气,试着很理智地来说明这件事。

"可是她已经有名字了呀!"艾莲娜抗议着。

朱利点头。

"我妈到现在都还很难过。"朱利小声地说,"虽然那已经是十多年前的事了。刚才我想的是,至少可以把这张照片好好地、悄悄地埋起来,就像你把费多林埋在公园里那样。"

朱利不敢正眼看艾莲娜,也许艾莲娜正在笑他。这个点子真的很蠢。朱利已经准备好要和艾莲娜一起偷笑了。

可是艾莲娜没有笑。

"你要把它埋在墓园里吗?"艾莲娜问。

"嗯。"朱利先前想的其实是公园,不过墓园更好。茱莉亚又不是天竺鼠,她应该和其他人一样,有一座像样的坟墓。朱利说:"我想和我妈一起做这件事,让她得到一点儿安慰。不过我妈已经不想再谈这件事了,就像她不想谈克拉拉老师的事一样。结果她匆匆忙忙赶回去上班,忘了拿手提袋。"

艾莲娜把手轻轻搭在朱利手臂上。

"如果费多林当初是自己跑掉不见了,我也会把它的照片拿去埋起来。总比什么都没做好。"艾莲娜说。

"真的?"朱利问。

艾莲娜点头。

"如果你愿意的话,我们现在就去墓园。"艾莲娜提议。

第十五章　墓　园

　　他们把手提袋送到药店,只字未提照片的事。只有在妈妈从钱包里拿钱给朱利让他买冰淇淋时,朱利才感到胃里一阵翻搅。朱利知道,用这种方式好好安葬茱莉亚是正确的。但他也知道,妈妈还需要一段时间才能明白他为什么要这么做。妈妈把硬币一个个地从钱包里拿出来时,朱利一个字也不敢说。等朱利终于走出药店,关上店门后,才大大松了一口气。

　　他们现在可以用买冰淇淋的钱去坐公交车,就不用大老远一路走到墓园了。

　　墓园坐落在城市边缘,在一面高墙后面,似乎所有过世的人都要这样隐秘地藏起来才行。晚上墓园的大门是上锁的。

"我恨不得老天爷赶快来接我上西天。"朱利的外公脚痛一发作就会这样嘟囔。外婆听了总是忧心地摇头。然而,外公仍是毫无忌讳地一喊再喊:"上西天,没错!老天爷一来接我,我马上走,什么都不带,连打包都省了。"外公这番话听起来像是期待一场旅行似的。

朱利走进墓园大门时不安地想着,可是来这里的人不是上西天,他们是被埋进土里不见了。

墓园里十分寂静。除了朱利和艾莲娜,没有别人了。他们沿着成排的墓碑往前走,寻找一个最漂亮的角落。他们不急,细细读着墓碑上的字。有些字迹在经年累月的风吹雨打之下已经模糊不清了,有些墓碑上面刻着令人发笑的名字。不过只能轻轻偷笑,因为在墓园里大笑是不太得体的事。比如说,有个名字是拗口的阿帕罗尼伍斯·古鲁伯尔,有个名字是女伯爵的封号,叫作梅克·梅克堡-梅克。墓碑上到处都是安息、怀念和哀悼这些字眼。

朱利禁不住打破沉默:"我想,茱莉亚还是不要躺在那么老的人旁边比较好,要不然多无聊啊。"

"你说得对。"艾莲娜说,"不过,也最好不要躺在小孩子旁边,不然会常常吵架。最好是一个可以好好照顾她的人。"

他们微笑互望,就像在幼儿园扮演爸爸妈妈那样,现在他们扮演的是挖墓的工人。有点儿奇怪的角色扮演游戏,不过至少可以让几个星期以来发生的一切显得不那么沉重。

朱利不禁想着,克拉拉老师愿不愿意和他们一起到墓园来,为她自己寻找一个最漂亮的安息角落?也许,在那株紫丁香的下方?用这种方式道别不是更好吗?还是说,其实没办法事先选好自己的墓地,只能任人安排?朱利的目光掠过墓碑和十字架。再过不久,克拉拉老师也会在这儿长眠。但奇怪的是,朱利无法想象这个未来的画面,虽然他心里很清楚这是必然的事。

"这里怎么样?"艾莲娜打断了朱利的沉思。她指着一块陷入土中而歪斜的墓碑,上面浮雕着三个哭泣的天使。墓碑前的四方形花坛杂草丛生,中间有一小棵久未修剪而干枯的石楠。

"茱莉亚和马可斯·哈特曼。永怀亲恩。安娜、莉西、薇若妮卡。"艾莲娜吃力地出声读出这些已经模糊的名字,"朱利,你看,这简直是注定好的!"

朱利看着墓碑上标示的年份,默默算着。

马可斯活到三十二岁,茱莉亚活到二十九岁。两个人是同一天去世的。

"真奇怪。"朱利说。

"不奇怪呀,一定是发生了意外。"艾莲娜小心地抚摸着天使头部,感觉到天使脸颊上有几颗平坦的石泪。那是

眼睛看不见的、只能用手指感觉到的眼泪。

"底下这三个名字一定是他们的小孩,应该都进孤儿院了吧。"艾莲娜思索着说。

他们两个惊讶地站在那儿,沉默不语,仿佛现在才明白,每一块墓碑底下都有一段过去的生命故事。

"我们把茱莉亚埋在这里好不好?"朱利有些迟疑地问。

艾莲娜点点头,喃喃地说:"那这对父母就多一个孩子了。他们一定会很宠茱莉亚的,宠到让你嫉妒哟。"

"我才不会呢。"朱利反驳说,"他们可以把茱莉亚捧为掌上明珠,因为茱莉亚在我们这里根本没真正活过。"

墓碑旁的草地上有一块红色木板,像手掌那么大。艾莲娜拾起木板,把它当作铲子来挖土。她蹲在墓碑前,把天使前方的杂草拔掉,然后挖了一个很深的洞。黝黑的泥土相当干燥松软。

"他们真是的,也不好好照顾一下这个坟墓。"艾莲娜责备的目光投向那三个天使,安娜、莉西和薇若妮卡,"再怎样也是自己的爸爸妈妈呀,这绝对不可以忘记。"

朱利凝望着这片墓碑后面的高墙。茱莉亚留在妈妈钱包里会不会比较快乐?妈妈一定会时常把她拿出来,让她重见天日,温柔地抚摸她。那张纸已经被妈妈摩挲得像丝绒一样柔软了。朱利摇摇头,跟自己生起气来。只不过是一张纸罢了,只不过是一个灰黑的影像罢了。

"哎呀,我知道了。"艾莲娜的声音扬起,"这场意外发生的时候,他们一定还很小,所以就马上被人领养了。也怪不得他们把自己的爸妈给忘了。不过我觉得一定要有人提醒他们才对。"艾莲娜只是自言自语,并不期待朱利有任何

响应。朱利的目光又落回墓碑前的花坛上。在那里,艾莲娜挖了一个很深的、四方形的洞,伸手探进去有小臂那么深。又暗又潮湿,朱利想着。

艾莲娜起身,把两手拍干净。现在轮到朱利了。朱利把肥皂罐打开,想看他姐姐最后一眼。奇怪的是,在他的脑海里,茱莉亚并不是一个灰黑模糊的影像,而是一个幼儿园的小女孩,留着两条可爱的长辫子,像天线一样在耳朵上方直直地翘起来。事实上,如果茱莉亚现在还活着,年纪应该比朱利还大才对。

"再见了,茱莉亚。"朱利悄声说,"我和妈妈会常来看你的。也许爸爸也会一起来。"

朱利盖上肥皂罐。艾莲娜双手合十。然后朱利小心地把罐子放进土洞,克制住情绪,把土推回洞里。终于完成葬礼了。如果妈妈发现照片不在钱包里了,她会说什么?开始她一定会大发雷霆,因为朱利是偷偷摸摸做的这件事。然而,事过境迁之后呢?让茱莉亚和其他逝者一样有一块自己的墓地,不是一件很好的事吗?唯一比较糟糕的只是墓穴太暗而已。朱利十指交叉用力,把手指头掰得咔嗒直响。他不会把肥皂罐挖出来的,因为总有一天妈妈会想通的。那时,他们会一起去买一株玫瑰花苗,把它种在茱莉亚和她的新爸爸、新妈妈的坟前。妈妈很喜欢玫瑰花。

"还要在墓碑上刻上名字。"艾莲娜早就想好了。她在墓碑之间的通道捡了一颗有尖角的石头，走到墓碑前，在上面刻画出白色的字形。

"喂，你们在做什么？"
艾莲娜吓得扔下手中的石头。
"破坏公物！"一位太太喊着跑了过来，由于跑得太快，差点儿被自己的工作靴绊倒，小碎花纹的工作袍气球似的鼓胀起来。想必她是墓园里的园丁。

艾莲娜和朱利拔腿就跑，斜跑过成排的墓碑。朱利的脚被一个花环钩住了，险些跌一跤，幸好艾莲娜抓着他，把他往前拉。朱利边跑边把花环踢开。那位太太的叫骂声尾随而来。朱利跑得上气不接下气，肚子一侧痛得厉害，让他忍不住伸手用力按压。他就快跑不动了。这时，他们已经跑离旧墓园区，前方一排侧柏树篱的后面就是新墓园区了。这里绿草如茵，坟墓散落着，各自有很大的空间，墓碑和十字架也小了许多。这儿没有披着锦缎的石柱，没有哭泣的石雕天使，也没有磨光的、烫金字的大理石板，一切都简朴了许多，仿佛现代人都死得比较谦卑。

园丁太太的叫骂声仍在远处回荡："我会把你们修理一顿！你们等着瞧！你们一定跑不掉！"
朱利往后瞄了一眼，没看见园丁太太。然而，这里没地方躲，唯一的出路只有走回旧墓园区，而那是羊入虎口。

"该死!"艾莲娜在朱利身边骂了一句,"真是活见鬼!两分钟前还好好的,现在死路一条了。"

朱利沮丧地点点头。

然而,就在朱利打算鼓起勇气回去把事情解释清楚的时候,意想不到的救兵及时出现了。

一列管乐队走进新旧墓园区之间的树篱通道。通道十分狭窄,乐手甚至得动手把树枝拨开才走得过去。乐队穿过通道后,又排好队伍,以夸张缓慢的姿态滑步前进。鼓手敲打出沉重悲伤的节奏,而长笛、小号和喇叭则配合着奏出一段朱利似曾相识的悲伤旋律。乐队后方有六位身穿黑衣、头戴高帽、戴着灰色手套的男子抬着一个黑得发亮的灵柩。灵柩后方有一群参加葬礼的人,人数还没有一整班学生多,全都沉默不语。

"我们可以混进去躲在那儿。"艾莲娜说。她不动声色地用胳膊指了指那一排送葬队伍。朱利原本想对艾莲娜说,不可以随便混进人家的葬礼。但他还没来得及反对,艾莲娜早就一溜烟跑掉了。艾莲娜像一个彩色的小点,夹杂在黑灰棕色的人群之间。她远远地向朱利示意照着做。

然而,朱利想跟过去也没办法了,因为有一只手很不客气地从后面抓住他的肩膀,把他的身子转过去。是那位园丁太太。她涨红了脸,气喘吁吁的。

"你们在做什么我全看到了。难道你们对神灵一点儿敬意都没有吗?"园丁太太喘了一口气继续说教,"你们在土里挖呀挖的,还在墓碑上乱刻字,根本就是破坏安宁,冒犯死者!"

"我们只是……"朱利鼓起勇气试着解释。

"只是好玩,对不对?"园丁太太嗤之以鼻地大骂。她放开朱利的肩膀,高举着食指继续训话,"对死者要尊重。你爸妈没教你吗?"然而,朱利没听见这番话,因为他早已拔腿开溜,挤进了送葬的人群。这群人现在围站在一处挖好的墓穴四周。朱利从这个避风港回头看,园丁太太举起拳头再度对他发出警告,然后转身走远了。朱利松了一口气,终于脱身了,他现在只想赶快回家。他的目光搜寻着艾莲娜,她被人群推到前面第一排去了。艾莲娜微微侧身,和朱利的目光对上了。朱利连忙举手示意,要艾莲娜离开这个地方,但艾莲娜摇了摇头。

"不行。"艾莲娜用唇语说出这两个字。朱利看到一位老太太钩着艾莲娜的手,对她说个不停。朱利犹豫了一会儿。他从没参加过葬礼,他的胃里有一种混合了恐惧和好奇的感觉不断翻搅着。他给自己鼓鼓劲,往前挤过那些深色的、有奶奶大衣味道的衬衫和夹克,站到艾莲娜和那位老太太身边。

第十六章　松鼠的葬礼

"哈,看谁来了!"老太太边说边钩住朱利的手臂,"现在我站得可稳了。"老太太有点儿调皮地看着朱利,但她抓人的力道像钢铁一样硬。老太太接着说:"我血压有问题,站不稳。我上回参加葬礼的时候差点儿跌到墓穴里去,因为那个牧师讲太久了。他讲了那么多关于那个死了的人的事,根本没半件是真的。这你绝对可以相信我。我认识那个人四十年了。她生命里最重大的事件就是我的猫把她的金丝雀吃掉了。这是十五年前的事。从那时候开始,她就没再跟我说过话,连快死了都不跟我说半句话。算了,不说了,人死了就不能说他们的坏话了。"

"嘘!"后面传来一阵警告的声音。

老太太回头瞪了那人一眼,旁若无人地继续发言,就像这儿是下午茶的聚会一样,"你们认识他吗?我是说那个死了的。"

朱利摇了摇头,而艾莲娜则喃喃地说:"我们只是刚好路过。"

"这样反而好。"老太太悄声地说,"参加葬礼啊,最好不要认识那个死者。你可以跟着哭那么一会儿,然后接下来好好享受咖啡和点心。"老太太审视了一下四周:"今天这场葬礼不会太久。他们连牧师都没请。"

没错。那儿只有一位戴黑帽的男子,身穿黑色长袍,长袍上缀着金色穗带。他举起木杖,向抬棺人示意灵柩可以入土了。于是,那座灵柩缓缓下降。朱利不自觉地倾身探看,墓穴的深度让朱利悚然心惊。

好深好暗啊,把土埋回去以后,就不可能出得来了,朱利想着。

朱利抬起头,眯起眼望着人群上方无尽延展的蓝天,一朵白云缓缓飘过,阳光相当刺眼,但阳光至少不会让人恐惧。

抬棺的男子恭敬地鞠躬致意,往后退了几步。

老太太把手从朱利身上移开,从皮包里拿出纸巾,大声地擤起鼻涕来。

"唉!"老太太装模作样地用纸巾擦了擦眼睛说,"草草了事的葬礼。应该是个年轻小子,连给自己办葬礼的钱都还没开始赚。我敢说他一定觉得人死后要怎么埋都无所

谓,反正死人什么也感觉不到。"

朱利和艾莲娜惊讶地看着老太太。后面又传来好几阵警告的嘘声。

"你们用不着这样正经八百的,人死了就是死了,他根本不管你有没有礼仪教养!"老太太毫不理会后面的抗议声,接着说,"我又不是没安安静静、规规矩矩参加过葬礼。总要有一回可以大声说话吧?"没有人敢再抗议了,只有站在他们后面的那位先生发出了最后一阵嘘声。

这时,葬礼主持人以一个小动作请一位丰腴的女士站到他身边。那位女士身穿黑色套装,头戴黑色草帽,帽檐下的黑纱遮住了她的脸。她把黑纱往上撩起,打开手提袋,紧张地翻找着,终于拿出了一张信纸。

那位女士打开信纸,声音沙哑地说:"胡伯特,胡伯特要我把这封信念给你们听。"

"男人才会有这种奇怪的点子。"老太太发出评论。

"亲爱的朋友,"那位女士开始读信,信纸在她手中随风飘动着,"请你们不要难过……"

"太好了!"老太太用大家都听得见的声音耳语着,"还不准人家难过!他以为我们是来这儿干吗的,来开联欢会吗?"

"嘘!"后面又传来一声警告,连葬礼主持人都严厉地瞪了老太太一眼。

"好啦,好啦。"老太太耸了耸肩,把头探到朱利耳朵旁,朱利感觉到老太太吐气时的一阵暖风。

"其实我根本不认识这个胡伯特。"老太太悄声地说,"我散步经过这里,看到黑板上写着今天有葬礼。我就想,弗莉达,去参加吧,去向过世的人表达敬意是件好事。反正你今天也没事干。搞不好葬礼结束后会招待咖啡和蛋糕。"

"请保持安静!"葬礼主持人发出严厉警告,"请尊重逝者,安静聆听他最后的一席话。"

主持人对那位女士点了点头。

"亲爱的朋友,"那位女士又从头开始念,"请你们不要难过。虽然我的肉体离开了,但它不过是一个躯壳而已。好多年来,我已经学会不把它当成我的家了。对我来说,它像医院里的候诊室,现在我终于可以离开了……终于可以成为真正的自己……那就是……一只松鼠。"那位太太把目光从信纸移向众人。她一点儿都不尴尬,仿佛人死后变成松鼠是一件天经地义的事。朱利困惑地望着眼前这位太太。人死了会变成动物吗?变成松鼠?朱利脑海里浮现出一个画面:一只巨大的松鼠,秃头,戴着眼镜,在大树旁沮丧地跳来跳去,不断尝试攀上树干,却又徒劳无功,动作迟钝而笨拙。那只松鼠一再地从树干上往下滑,重重地跌在自己蓬松的尾巴上。朱利想得差点儿笑出声来,赶紧用那

只没被老太太抓住的手掩住嘴巴。葬礼上肯定是严禁大笑的。朱利把身子稍微往右移了移。那儿有一对牵着手的年轻情侣,双双点头同意那位女士说的话。那位女士站在墓前,以坚定的口吻为大家说明:"胡伯特对这点深信不疑。这可爱的小动物只要一在花园的树上跳来跳去,胡伯特就会把鼻子贴在玻璃窗上看个过瘾。他也可以和松鼠交谈。他和松鼠在灵性上是一家人。他在信上接下来说……"

那位女士把目光移回信纸,继续朗读。

"所以,亲爱的朋友,你们不用给我花束或花环,给我坚果就可以了。请你们把坚果撒在我的坟前,让我变成松鼠回到你们身边以后,有足够的食物可以吃。胡伯特敬上。"

"能这样想真是太好了!"朱利身边那位年轻小姐开口说。她发觉朱利偷瞄了她一眼,转身问朱利:"你想变成什么动物?狮子吗?"

朱利连忙把头转开,往另一头看。艾莲娜和那位老太太看起来真像一对活宝。两人都涨红了脸,鼓着脸颊,像吞了两颗乒乓球似的。

他们四周突然一阵忙乱。很多人手上突然多了一个小袋子,装着腰果、花生、榛果、胡桃和葵花子,全是从超级市场买来的坚果零食。送葬的人群推挤着,经过朱利、艾莲娜和老太太,把手上的塑料包装打开,神情肃穆地把坚果撒在坟墓四周。

有人发现老太太和那两个小孩没带坚果过来,好心地指了指葬礼主持人。主持人板着脸站在那儿,身边有一个装了花生的竹篮,篮子里还有一支小铲子,什么都没带的人可以自己去拿。

朱利摇了摇头。老太太哼了一声。艾莲娜则咬着下唇,喃喃地说:"不用了,谢谢。我们要走了。"艾莲娜拉着老太太和朱利快步离开。

他们三个就这样走出了墓园。老太太一路钩着他们的手,仿佛她早已盘算好要这样一起走出去。老太太笔直地把他们拖到高墙边的长凳上,坐下来,深深吐了口气。朱利和艾连娜也跟着一左一右、一先一后地一屁股坐下,也长长地吐了口气。熬过那么久不准笑的戒严期,让人都快胃痛了。

"我叫弗莉达。"老太太自我介绍,然后问,"你们呢?"

"朱利。"

"艾莲娜。"

"好名字。"弗莉达把她穿了黑长袜的双腿往前伸,舒服地往后一仰,大笑起来。

朱利和艾莲娜也跟着笑了。

"我这辈子还没听过这种事,人死了以后会变成松鼠!"弗莉达摇着头说,"天知道我参加过多少葬礼。你们知道吗?人老了就会有一堆葬礼要你参加。对了,你们有没有看到那颗椰子?"老太太一想起这件事又笑了起来。

朱利和艾莲娜点点头。一个绑马尾的年轻男子,身穿一件绣着彩珠的棕色夹克,不小心让一颗椰子咚的一声掉在地上。它像保龄球一样沿着坟边往前滚,一直滚进墓穴里去,砰的一声砸在灵柩上。

"松鼠要怎么啃椰子啊?"弗莉达说,"那只可怜的小家伙如果想把椰子敲开,会把手弄断的。不然嘛……"弗莉达坐直身子,一只手拍在膝盖上,说:"不然就是……"她突然用正经八百的口气说:"那颗椰子是备用的。如果胡伯特搞不清楚,笨笨地把自己变成了猴子。"

朱利和艾莲娜目瞪口呆地看着老太太。变成猴子!

"哈哈……"弗莉达再也憋不住了,开怀大笑起来,说,"你们被我打败了吧!"

艾莲娜和朱利也跟着开怀大笑。

虽然这样想起来真的很好笑,但是……朱利脑袋里生起了一个抚慰人心的念头。如果茱莉亚变成了一匹小马,或是一只小猫……如果克拉拉老师死了以后不会真正消失,而是变成了一只动物继续活在人世间?她会不会想变成一只天竺鼠,待在他们的教室里?朱利不笑了,思索起来。有没有什么方法可以证实那个胡伯特说的?有没有可能去询问动物们是否曾经在人的躯体里活过?

朱利感觉到有人轻轻推了他一下,两只圆眼睛在两片圆镜片后面盯着他瞧。

"我的天哪,"弗莉达说,"你该不会相信这种松鼠的鬼话吧?"

朱利不确定地耸了耸肩。对于这种事,他懂得太少了。

弗莉达嘲讽地说,"没错,你真的相信了,看你的鼻尖就知

道了。"

"万一是真的呢？说不定人死了以后，真可以自己决定，如果他喜欢变成动物的话，就可以变成动物。"朱利鼓起勇气把心里的话说出来。

"喜欢变成动物？孩子啊，动动大脑吧。"弗莉达责怪着，"对动物来说，活着只有两件事——吃东西和生孩子。除此之外，它们什么都不知道。如果胡伯特真的变成松鼠了，它也不可能知道自己以前是一个叫作胡伯特的人。它会记得什么？什么都不记得！而那些认识胡伯特的人呢？他们只要一看到有松鼠被车撞死了，就会很担心那只松鼠是不是胡伯特。算了吧，就让死掉的人好好死掉，这样对大家反而比较好。"弗莉达十分肯定地点点头，伸出手指捅了捅朱利的肚子。

"如果到了结束都还结束不了，就不算是结束了。小子，记住我说的！"老太太用说教的口气对朱利说。

老太太把身子往前滑，站了起来。

"我去看看他们有没有供应什么像样的咖啡。"老太太用拇指指了指那群参加葬礼的人。这些人正陆续走出墓园，往对街的餐厅走去。

"说不定还有坚果蛋糕可吃。"老太太窃笑起来，向两个孩子挥挥手，小步快走地跟上那群人，仿佛生怕自己到餐厅之前咖啡都被人喝光了。

第十七章　茱莉亚之墓

朱利回到家时，脑袋里千头万绪的，全不是轻松好玩、振奋愉快的念头，而是种种沉重的迷惑，让人寻不着答案。是这样吗？有些人相信轮回转世；有些人则斩钉截铁地宣称有天堂的存在，不是存在于云端，而是某个未知的地方，正等待着我们归去；还有一些人，比如说弗莉达，则认为死亡是一了百了的结束。

朱利和艾莲娜在回家路上聊了一下克拉拉老师对死亡的看法。老师应该不相信轮回转世，不然她就不会用那种悲伤的方式和大家道别了。

"克拉拉老师一定会上天堂。"艾莲娜肯定地说，"想别的就太恐怖了。如果她去了天堂，我们就一定会再见面。"

但是，如果天堂根本不存在呢？朱利缓缓踏上楼梯，一步一句地轮流念着："轮回、天堂、死了就没了。"当然，这只

是个荒谬的游戏,朱利没把它当真。然而,最后一阶楼梯是"死了就没了"。朱利打开公寓大门,门槛也可以算一次,那就会变成"轮回"。不过死亡一定没这么好骗。它若硬要把你带走,你也没办法。

朱利努力把这些念头赶走。他走过玄关那面镜子时,审视了一下自己的脸。如果妈妈看到他这副臭脸,一定又会念叨一番。而他现在什么也不想听,什么也不想说。他对着镜中的自己把嘴角拉开,拉出一个笑容,再让目光闪出一点儿古灵精怪的调皮。就是这样!一副才踢完足球的模样。加时赛,终于赢了。进了四球,其中三球是他踢进的。和他们比赛的对手全都哭着回了家。

"我回来喽!"朱利用过高的音量喊着,走进厨房。

他猛然停下脚步,霎时把足球射门得分的谎言全抛在了脑后。餐桌上摆着妈妈的钱包。是打开的。四周是钱包里的东西:钞票、收据、驾照、会员卡、朱利和外公外婆的大头照……

"她不在里面。我里里外外找了五次。不知道掉到哪里去了!"妈妈的口气十分沮丧。朱利一听就知道妈妈指的是什么。他涨红了脸。

"我……我……"朱利没办法让自己说谎,于是坦白,"我把照片拿出来了。"

"谢天谢地！"妈妈提高了分贝，"我还以为被我弄丢了！那样我一定不会原谅自己的，朱利。"妈妈一脸期待地看着朱利。她的神情已经表达得够清楚，朱利必须马上把照片交出来。

但朱利做不到。茱莉亚躺在肥皂罐里，而那个肥皂罐被埋在地底下二十厘米深的地方。她现在有了新的父母。

朱利突然觉得这整件事实在是笨死了。不，不是笨，简直是白痴！

以往，如果朱利做了什么蠢事，妈妈都会骂他一句笨驴子。现在朱利觉得自己是世界上最白痴的一头驴子。

"我把照片埋起来了。"朱利诚实地说，"埋在墓园里。今天下午。和艾莲娜一起去埋的。"这么一说，做错事的就不只是朱利一个人了。艾莲娜本来可以阻止他的，可是艾莲娜也一样意气用事。

妈妈瞪大双眼望着朱利，仿佛完全听不懂朱利的话。

"没有人帮茱莉亚举办葬礼，也没有一个属于她的坟墓。我把她放在我最漂亮的那个肥皂罐里，然后我们去墓园帮她找到了新的爸爸妈妈，他们很年轻就过世了。"

妈妈还是没说半句话。

"那个新爸爸新妈妈一定会很宠她的。他们本来有三个小孩，这三个小孩还活着。"朱利一刻不停地说着，"我们本来还想在墓碑上刻字，可是……"

"装在肥皂罐里?"妈妈气若游丝般地打断了朱利的话。

"对。"朱利点头回答。他很高兴妈妈终于开口说了点什么。朱利又殷切地说:"就是爸爸从巴黎带回来的那个肥皂罐。"

"埋起来了?"仿佛妈妈这辈子第一次听见"埋"这个字,而无法理解它的含义。

"嗯。"朱利屏住呼吸。

妈妈把桌上的收据、钞票和会员卡通通塞回钱包,起身把钱包放进手提袋,简短地下了一道指令:"跟我来。"

他们没有走路,也没有搭公交车。妈妈进了车库,把外婆的车开了出来。外婆会把车停在这里,是因为有个无赖把车子的后视镜撞掉了。外婆怕那个无赖下次会把整部车撞毁,所以就不敢再开车了。妈妈通常不开这部车,有紧急状况的时候才开。对妈妈来说,现在就是一个紧急状况。

以往朱利总会请求妈妈让他坐前座,不过现在他自动坐到了后座去。车子一路开往墓园,而朱利的目光一直停留在车窗外。妈妈把车子停在高墙前面,朱利垂头丧气地下了车。他现在倒想遇见那位园丁太太了。她一定会马上认出朱利,然后过来教训他们母子一顿。这样妈妈就会打破沉默,开口为自己辩护一番。

然而妈妈仍是一言不发,静静地沿着墓碑之间的碎石路往前走。朱利很快就找到那个墓碑了,而妈妈仍是沉默着。甚至在朱利蹲下来准备挖土时,妈妈还是没说半句话。

朱利把双手插进土里,没有想到,妈妈说话了:"这不是真的,朱利。"

"是真的。"朱利手上的松土从指缝间滑落下来。

"你为什么要这么做?"妈妈问。

"你跟我说她被丢掉了,没有人把她埋起来。这样做真的很不对,而且……"朱利又开始从头解释。他指着墓碑上的字说:"他们死掉以后,就突然没有孩子了。他们一定和你一样心里很难过。所以……"朱利觉得他这番话说来没什么道理,像在自圆其说。

"她在这底下?"妈妈轻声问,好像她现在才慢慢理解朱利之前做了什么。

"对。"朱利回答。

妈妈小心翼翼地摸着墓碑移动身子,她的手指抚过天使的头。她也摸到天使的眼泪了吗?

妈妈望了一眼这个宁静的墓园角落。金亮的夕阳穿过那面绿叶拱顶,碎石路和围篱上光影交错。

"只活了二十九岁。"妈妈喃喃地说。

她和朱利一样,凭直觉就把岁数算了出来:"可怜的孩子,不知道过得好不好?"

"一定很好。"朱利说。他无法想象三个这么小的孩子如果没有养父母照顾,会是什么景况。

"希望如此。"妈妈轻声地说。她又抚摸了一下天使,然后站直身子,摇起头来。

"放在肥皂罐里!"妈妈哭笑不得地说,"这主意真的很蠢,朱利。亏你想得出来。"

"我等一下就把它挖出来。"朱利向妈妈保证。他很高兴妈妈没有对他大骂。

但妈妈说:"没关系,不用挖了。我不能把她从这对父母身边带走。他们已经失去三个孩子了。"

朱利站起来,靠在妈妈身上。

"他们一定会很疼她的。"朱利说。

妈妈用手指梳了梳朱利的头发,说:"你真的很疯。"不过妈妈并不是在骂他。

"我们可以在这里种玫瑰花。"朱利提出建议,"这边这棵好丑。"

"粉红色的玫瑰花。"妈妈说,"旁边还要种薰衣草。薰衣草很香。"

他们走回车子那儿时,一只松鼠跑上碎石路,在他们跟前啃起花生来。有那么一瞬间,朱利想起了胡伯特。对朱利来说,茱莉亚无须变成小马或小猫,她现在住在那个地方,就能让她得到最好的照顾。

第十八章 偷苹果的贼

一星期过后的一天早上,天一亮朱利就醒了。他聆听着,一阵沉静。一定还很早,妈妈还没起床。朱利到浴室洗了脸,刷了牙,然后走进厨房。他看了一眼时钟,才四点半。他比平常早了两个小时醒来,而且一点儿也不困。

很奇怪。这几天以来,朱利一直有种奇怪的感觉。好像无论他做什么事,旁边都有另一个朱利尾随着,像一个灰暗的影子黏着第一个朱利不放。虽然第一个朱利想对第二个朱利视而不见,但那个静悄悄的影子甩也甩不掉。第一个朱利照常去上学,踢足球;照常画画、读书、看电视。周末去见爸爸时,他甚至在游泳池里疯狂喧闹,连爸爸都吃了一惊。第一个朱利和往常不一样的只有一件事:他不想去找艾莲娜玩。因为艾莲娜是唯一知道那个影子的人,这让朱利很不舒服。

然而,这一大早,那个沉默哀伤的影子不见了。朱利走到窗前,俯望空无一人的大街。夜里下过雨,柏油路显得十分黝亮。一处水洼浮着油渍,闪烁着彩虹的色泽。

朱利抬头仰望,天空一片湛蓝。他突然很想出门。就只是想出去,在外面奔跑,漫无目标地奔跑。

不一会儿,他就站在人行道上了。再过一个半小时,他就得回到家里。不过,在那之前……

朱利大步往前跑。微凉的晨风打在脸上,真好。鸟鸣如此响亮,没被车声或说话声掩盖过去,真好。清晰的晨光中,一切显得那么干净,那么鲜丽,真好。朱利一会儿往左跑,一会儿往右跑,一会儿笔直奔去,又突然在巷口转弯。跑到腰际一阵刺痛,他才警觉到自己不该再跑了。他放慢脚步,停了下来,手臂仍晃了两下。然后他发现,自己站在一条陌生的街道上,他从来没见过这些房子。有那么一瞬间,朱利害怕起来,怕自己找不到回家的路。但他马上抬头,转着身子仰望,找到了那座比所有楼房都高的电视塔。那座电视塔坐落在山丘上。

于是,朱利知道回家要往哪个方向走了。这个方法是爸爸教他的,朱利引以为傲。无论他在城里哪个角落,他都有一个可以找到方向的定点,永远不怕迷路。

朱利不想再跑了。他悠闲地迈着步,观察周遭一切如何于晨光中展开这一天：一个骑脚踏车送报的人把报纸一一丢进前院围篱；两个女人手上拿着哑铃，头上戴着耳机，沉默地并肩慢跑着；一个穿睡袍、套发网的太太带着她的狗走到路边一块绿地上，要那只狗赶快解决它该解决的事；车库的门拉起了，早上的第一辆车驶过了。朱利转过一个弯，认出了那条街。对面那栋黄色的房子就是克拉拉老师住的地方。朱利迟疑了一下。第一个朱利并不想再想起任何和克拉拉老师有关的事，只想把一切忘得一干二净。然而，第二个朱利突然出现了，拉着第一个朱利怯生生地走向那栋房子。

二楼的窗帘还没拉开，但前院的铁栏门半开着，看来像有人出去过了。朱利什么也没想就走进了前院，他也不清楚自己为什么这么做。他没去按门铃，而是偷偷绕过房子和车库，走向花园那棵新栽的苹果树。朱利觉得这棵树似乎长高了些，绿叶也更繁密了。朱利惊讶地眯起眼瞧，树枝上竟然垂挂了十来颗红中带黄的苹果。走近一看，才发现苹果上绑了红线，原来有人用这种方法让这一小棵苹果树结满了第一年的果实。

一定是克拉拉老师的主意，朱利笑了起来，只有她才想得出这种点子。朱利戳了一下苹果。可以摘下来吃吗？他禁不起诱惑，抓住苹果扯断红线，咬了一口。酸酸甜甜的，好吃极了。他咬了第二口，第三口。

国际大奖小说

"谁在偷苹果啊?"

朱利吓得把嘴里的苹果一口吞下,噎着了,一小块苹果卡在喉咙里出不来。他把头往两旁甩,试着把苹果吐出来,好让自己还能继续吸气,不然就要窒息了。他的泪水涌了出来。突然,一双手臂强而有力地从后面搂住他,把他猛然抱起,一拳打在他的肚子上。然后朱利一咳,苹果就跑回嘴巴里了。他把那口苹果吐在地上,喘着气呼吸。

"再拖几秒就危险了。"麦德特先生松了一口气。

朱利沉默地点点头。他不敢直视麦德特先生。麦德特先生一定很生气,因为他就这样自己偷溜进来,还偷了一颗苹果。

"要不要喝水?"麦德特先生问。

"好。"朱利说。

"跟我来吧。"

朱利低头跟着麦德特先生走。他不禁想起同学会的事。他为了克拉拉老师立志成为研究新药物的科学家,但如今却让老师看到他成了一个小偷。

阳台的门开着。麦德特先生脱下木屐。

"请把鞋子脱掉。"麦德特先生说,"小声一点儿,她还在睡,昨天晚上折腾了好久。"

朱利拉了拉麦德特先生的夹克。

"对不起,我偷了苹果。"朱利悄声地说,"我不是故意的。"他胆怯地抬头看,麦德特先生的脸变瘦了,下巴和双颊布满了灰白的胡茬儿。

"没关系。"麦德特先生听起来很疲倦。

"有关系。"朱利反驳说,"她的学生里不能有小偷。"一滴眼泪,一滴很蠢的眼泪流了下来。朱利生气地用手背擦掉泪水。他不想让自己哭出来,他只想坦承自己的错误,即使他自己也不明白为什么要偷偷溜进花园。

"请你不要告诉克拉拉老师。我不会再犯了。"

麦德特先生在阳台的洗石子地砖上坐了下来,拉着朱利要他一起坐下。他们把背靠在玻璃门上。

"她一定要我把苹果绑上去不可。"麦德特先生说,"你不知道我花了多少工夫绑那些苹果。她在旁边一直笑。我好不容易把苹果绑上去了,她就会开心地大笑。不过,如果绑好的苹果又咚的一声掉下来,她就会笑得更开心。你知道她为什么要绑苹果吗?"

朱利疑惑地看着麦德特先生。

"是为了你才绑的。"麦德特先生说,"我敢打赌,她有预感你一定会来。我敢打赌,她就是要你去摘苹果。她是会魔法的仙女,那棵苹果树是她的魔法棒。"

"真的?"朱利盯着自己的手瞧,那双偷摘苹果的手。他不太相信麦德特先生说的。

"当然是真的。"麦德特先生说,"我第一眼看见克拉拉的时候,她就对我施了魔法。你不觉得她也对你施了魔法吗?"

麦德特先生露出微笑。他似乎觉得这是一个丈夫对妻子最好的赞美。

克拉拉老师是仙女?她会魔法?

如果她真的会魔法,那她就可以……

麦德特先生似乎看穿了朱利的心事,他抓住门把,站起身来。

"她只能对别人施魔法,对自己就不行了。可惜仙女就是这样,我觉得很遗憾,很难过。"麦德特先生的声音变得沙哑。

"安东尼!"

一听就知道是克拉拉老师。

"你醒啦?"麦德特先生大步走进屋里,朱利也跟了过去。朱利很想念这个声音,这声音让他突然神采奕奕起来。然而,这份喜悦一下子就烟消云散了。客厅里的摆设不一样了,原先的地毯、沙发和茶几全不见了,空荡荡的客厅中央摆着一张医院病床,而床上,是的,床上躺着的是克拉拉老师。她的鼻孔里插着一根管子,管子接到底下一个很大的蓝色氧气筒上。床边有一个点滴架,把第二根管子接到床上的被子底下。而床尾露出第三根管子,接到一个塑料袋子里。

朱利不禁握紧拳头。克拉拉老师不是仙女。麦德特先生说了谎。当然,他说谎也是为了安慰朱利。然而,朱利已经很懂事了。他知道自己偷了苹果,也知道如果他不这么懦弱的话,他会在克拉拉老师面前认错。

"我去倒杯果汁。"麦德特先生喃喃地说着往厨房走去。

"朱利。"克拉拉老师说。

朱利想勉强自己抬起头来看老师,但他只敢盯着白色床单瞧。

"你来了真好。我真希望你们来看我。"克拉拉老师说。

"可是你已经跟我们永远说再见了。"朱利小声地回答。

"我那天真的很笨。"克拉拉老师自责地说。

笨?克拉拉老师怎么会笨?

"没错,我太笨了。"克拉拉老师说,"我以为快刀斩乱麻,这样大家都不会太难过。"

朱利摇了摇头。

克拉拉老师接着说:"我回到你们教室度假,是为了再和你们共度一段日子。可是等到我没办法再去的时候,我却不让你们一起陪我慢慢死去。我脑袋里一直有这个声音——这样对孩子不好。可是我却在最后几个礼拜把事情搞砸了,都怪我太自私、太一厢情愿了。你们本来可以做很多事的,可以演话剧,可以去校外旅行,可以开联欢会,无忧无虑的……"

朱利听不懂克拉拉老师话里的意思,他只知道克拉拉老师在对她自己生气,但她无须这么做。

"你什么也没有搞砸!"朱利激动地打断克拉拉老师的话,"我们在海滩上很快乐!你听到了吗?真的很快乐!"

"可是,"克拉拉老师又自责起来,"我就这样头也不回地走了。就这样躲开了、溜走了,抛下你们不管,让你们自己在那儿难过。朱利,这样做真的很不对,不是吗?"

朱利尴尬地点了点头。他不想让克拉拉老师继续自责下去,但他没办法说谎。他就是办不到。

"这样真的让人很不舒服。"朱利坦白地说。

"很难过吗?"克拉拉老师问。

"很难过。"朱利无力地回答,"连哭都哭不出来。"

奇怪的是,朱利突然发现克拉拉老师似乎松了一口气,像得到安慰似的。

克拉拉老师又说:"我本来想找一天再回教室去见你们的,想和大家好好说再见。不过我又住院了,然后他们在我身上插了一堆管子才让我回来。我想,只要我还活着,我就摆脱不掉这些管子了。"克拉拉老师勇敢地露出微笑。朱利不禁想起浴室里的那面镜子,如今老师连照镜子都做不到了。

"我偷了一颗苹果。"朱利向克拉拉老师认错,"你那棵树上的苹果。我是一个小偷。"

这时,麦德特先生走了回来,说:"克拉拉,你猜对了,你的苹果把他引诱过来了。你的魔法实在太厉害了,他不知不觉就摘了一颗来吃。"麦德特先生把手上那杯果汁递给朱利,还对朱利眨了眨眼,暗示他也要假装相信克拉拉老师真的会魔法。

国际大奖小说

  朱利看了一眼床头柜上的闹钟,已经六点十五分了。朱利倒抽了口气,因为他必须走了。他再不赶快回去躺在床上,就会被妈妈发现他一大早偷溜出去。他非走不可了。他一口气把果汁喝完。

  "我开车送你回家。"麦德特先生说。

  可是朱利不愿意。他不想独自和麦德特先生坐在车里,不想再听见和仙女或苹果有关的事。他只想一路跑回家,钻进被窝里睡大头觉,假装他根本没溜出去过。

第十九章　白雪公主和七个小矮人

"朱利,起床!朱利!我已经叫你三次了。再不起来就要迟到了!"妈妈的叫喊声从远方直逼而来,但朱利不想听。他置身于一座满是苹果树的森林里。苹果,红的,绿的,黄的。一群戴尖帽的小矮人跑来跑去忙着采苹果,把好几个迷你单轮推车装得满满的。森林正中央有一栋小屋子,里面住着白雪公主。不,是克拉拉老师。朱利并不感到讶异。因为他一从窗户偷瞄进去,克拉拉老师就马上出现在屋里了。克拉拉老师正在搅面糊,动作很缓慢还有些笨拙,因为她身上的那些管子让她行动不太方便。她正忙着做苹果蛋糕,但那些小矮人去了很久还不回来。他们太忙了,要先把苹果全部采摘完毕才能做苹果蛋糕。外面有人敲着窗玻璃,朱利知道是谁。他想警告克拉拉老师,但老师已经把窗户打开了。弗莉达窃笑着,把一颗苹果递给克拉拉老师。

那个不幽默也不友善的弗莉达,她甚至很粗鲁地用她的黑鞋把松鼠一脚踢开。朱利看见弗莉达的嘴巴无声地说着:"死了就没了。"她真这么说的。但克拉拉老师不懂她的意思,拿起苹果什么也不想就一口咬下去。朱利只能四肢发软地站在那儿。朱利不是仙子,就算他是仙子,也帮不上忙了。所有魔法都失效了。克拉拉老师吞了一口苹果,吐了出来,脸色发白地倒在地上。

弗莉达大笑着跑开,笑声在身后回荡。突然,小矮人全都回来了。他们合力推拉着一个很大的单轮推车,车上装的不是苹果,而是一个丑陋的、黑得发亮的棺材。最年长的那个小矮人身穿缀着金色穗带的黑袍,头戴黑帽,下了一道指令。于是,所有小矮人一起奋力抬起棺材盖。朱利惊恐地发现,那个盖子是一张很厚的铁板。接着,所有小矮人围着克拉拉老师,把老师抬起来,丢进那个黑洞里。朱利也跟着扑通一声掉了进去……

"朱利,起床!我没时间跟你玩这种游戏,游戏结束了!"妈妈的叫喊声再度传来。

"结束了,把盖子盖上!"小矮人也叫喊着。

"不要!"朱利惊恐地喊道,"别盖上盖子!我还要出去!克拉拉老师也要出去!"

有人摇了摇朱利。

"怎么了？你生病了吗？"

朱利睁开双眼，看见自己的床和神情担忧的妈妈，他松了一口气。

"我做了一场噩梦。"朱利喃喃地说。

妈妈让朱利这天请假，不用去上学。妈妈给他量了体温，虽然没有发烧，妈妈还是要他躺在床上，再睡一会儿。

"可能是夏季感冒。"妈妈并不怎么担心，又说了一句，"休息一下就好了。"

但她又在那儿站了一会儿，然后问："还是因为别的事情？"妈妈在床边坐下，说："是不是克拉拉老师的事？"

朱利把头埋进抱枕里。他一大早偷溜出去的事，现在回想起来那么不真实。或许，那也是一场梦。

朱利没有回答。妈妈在一阵沉默之后说："你知道吗？等这一切过去以后，你就会觉得它只是一场噩梦，一场你记得的噩梦，但是你不会感到害怕了。在那之前……"妈妈轻轻抓了抓朱利的后颈："在那之前，不要想太多就好。"妈妈在朱利头顶吻了一下，说："再睡一会儿吧。我打电话请外公外婆过来照顾你。"

朱利吃完午餐以后还想窝回床上，但他没有借口，因为他没发烧。外婆两手叉腰，命令家里这两个男人马上出去散步，而且要出去久一点儿才可以回来。

外公看起来垂头丧气的,因为他也宁可窝在沙发上,边看电视边打瞌睡。但是外婆的态度一向很强硬,她不相信有什么不会发烧的夏季感冒。至于外公嘛,出去透透气总是件好事。

"这样我就可以把这里大扫除一下。"外婆说。

朱利做了个鬼脸。妈妈最讨厌外婆这样多管闲事了。等妈妈回来,她们一定会大吵一架。

"别摆那张臭脸。"外婆说,她不知道朱利心里在想什么,"呼吸新鲜空气对身体很好。你也好久没和外公一起做些什么了。"

外婆把一个装了面包皮的纸袋塞进朱利手里,那是喂鸭子用的。然后朱利和外公就这样被赶出了家门。

第二十章 外　公

朱利慢吞吞地走在人行道上。外公在他身边拖着脚步，老大不高兴地走着。去年，外公跌了一跤，把臀骨摔断了，在医院里躺了七个星期。出院回家以后，他就再也不是那个又高又壮又很有力气的外公了，而是一个瘦弱驼背、拄着拐杖的老人。

"这样就是最好的状况了。不会更好了。"那时妈妈这样给朱利解释，"人一老，骨头的复元能力就差了。外公现在可以自己走路，我们就应该很庆幸了。"可是，不论是妈妈、外婆还是朱利，甚至外公自己，都没有人感到高兴。外公每天愁眉苦脸地待在家里，坐在电视机前却没真的在看电视。他唯一还会做的事情，就是当他受不了外婆的唠叨时，会在一大早把面包皮装进大衣口袋，到公园里去喂鸭子。他一出去就是好几个小时。如果朱利在上学途中看见

了外公,就会追上前去,但外公总是不愿意让朱利陪他慢慢走一段路。

"趁你现在还能跑就赶快跑吧。"外公会嘟囔着要朱利赶快跑掉。

不过,这回他们得一起走了。他们走了快半小时才到公园。然而,外公不是往池塘边的长板凳走去,而是绕过游乐场走到后面的大树那里。那儿只有一张长板凳。外公呻吟着,一屁股坐在那张板凳上,然后把面包皮撒在他面前的地上。这儿没半只鸭子,只有饥饿的鸽子纷纷栖落,发出咕咕声互相争食。喂鸽子是违法的,公园里到处张贴着有关的标语。不只是因为鸽子太多,也因为它们的饮食习惯不好,它们一发现有更好的食物就马上飞走。到了晚上,老鼠会跑过来吃鸽子剩下的食物,把肚子填得饱饱的,所以喂鸽子就等于喂老鼠。这是他们在学校里学到的。难道外公不知道吗?

外公用厌恶的目光看着面前的鸽子。如果有鸽子太靠近他的裤管,他就会举起拐杖把鸽子赶走。

"外公,"朱利小声地说,"那些面包皮不是要喂鸭子的吗?"

外公哼了一声,说:"太多人喂鸭子了,鸽子只能偷它们的来吃。"

"可是这样老鼠会来。"朱利说,"鸽子都不把面包吃完,晚上老鼠就来吃了。"

"那又怎样?有告示牌说要让老鼠活活饿死吗?"外公说。

朱利不知道该怎么回答。

"我跟你说,"外公阴沉地预言着,"总有一天,我们人类不再是地球上的主宰。这是铁定会发生的事,就像我们现在坐在这里一样这么真实。到时候老鼠一定还存在。它们是生存力很强的动物。也许有些老鼠会记得,人类曾经施舍给它们一点儿什么,于是那些还存活着的人类就会从它们那儿得到一点儿面包屑和一个藏身的地洞。"

这倒是学校里没教过的事。是外公自己想出来的吗?朱利偷瞄了外公一眼,外公脸上正露出一抹恶意的微笑。

"可能也不会是这样。如果我是那时候的一只老鼠,我就会用最快的解决方式来处理人类。他们活该。"外公自言自语着,然后闭上眼睛打起盹儿来。

朱利也把身子往后倾,靠在板凳上。前面有棵大橡树,树臂扭曲着。费多林就葬在那棵大树底下。朱利凝望着那个点,他甚至可以想象出摆放在树根之间的那颗白石头。他小心地滑下板凳,没吵醒外公,走向大树,捡起那颗石头。石头底下有一些枯萎的蒲公英叶子,他可以去摘一些新鲜的叶子过来,还是⋯⋯朱利迟疑了一下。他可以瞧瞧费多林现在变成什么样子了。朱利不知道在哪儿听过,所

有被埋葬的都会化为尘土,先是皮肉,然后是骨头。可是要多久呢?朱利放下石头,拨开叶子,把手指伸进土里。

"你在干吗?"

是艾莲娜。她弯身看着朱利。

"哦,我想把它整理一下,摆上新叶子什么的。"朱利撒了谎。他很快把手上的泥土擦在裤子上,又赶紧问了一句:"你怎么来了?"

"你今天没去学校。我经过你家时看到你外婆在擦窗户。她从楼上对我说你在公园里,和你外公在喂鸭子。"

"我外公比较喜欢喂鸽子和老鼠。"朱利站起身来,说,"尤其是老鼠。他觉得有一天老鼠会是地球的主宰。"

艾莲娜对老鼠没有太大兴趣。

她问朱利:"你今天怎么没去学校?"

"因为、因为……说来话长。"朱利没心情告诉艾莲娜那些事。可是,万一艾莲娜开始怀疑他为什么蹲在那儿挖费多林的墓,那他就真的解释不清了。

他把艾莲娜拉到长板凳那边去,对她说:"我今天早上四点就醒了,然后自己偷溜出去。街上没半个人,我只看见一个人提着大袋子跑过去。搞不好那个人是小偷。我跟踪了他一下,不过他骑上脚踏车跑掉了……"朱利又习惯性地添油加醋,让他讲的故事精彩一点儿。不过,苹果的事最好不要提。于是他说,他走进克拉拉老师家前院以后,直接去按了门铃。

"这么早去按门铃？"艾莲娜惊讶地望着朱利。

"他们已经起床啦。后来……"

接下来，朱利就编不出什么精彩的冒险情节了。他飞快地把成串的字说出来：那张床、管子、麦德特先生疲惫的神情，还有克拉拉老师对他说的那番话，那些他听不懂的话。

"后来我就回家了，钻回被窝里去。我妈叫我起来的时候，我正在做梦……"

朱利看着艾莲娜，停顿了一下。艾莲娜会想知道他梦见什么吗？

"你梦见了什么？"艾莲娜好奇地问。

"我梦见自己在一个有好多苹果树的森林里，那里有很多小矮人，还有白雪公主。不是，那个公主其实是克拉拉老师。她想要做一个苹果蛋糕。"朱利此刻回想这场梦境，才感觉到它真的很荒谬，毫不相关的人、事、物全都凑在了一起。

朱利把梦境描述完了之后，说："那个棺材的部分最恐怖。棺材整个是黑色的，而且棺材盖是又厚又重的铁板。不像白雪公主的那样，有银白色的玻璃盖。那些小矮人一点儿也不难过。他们把她抬起来，就直接丢进棺材里。然后，有一个小矮人喊着'结束了，把盖子盖上！'"

"把盖子盖上……"艾莲娜喃喃重复着。

"嗯。"

"太残忍了。"艾莲娜说。

"为什么？"朱利问。

"如果她躺在那种棺材里，而不是躺在有玻璃盖的箱子里，王子怎么会有机会爱上她呢？如果王子没有爱上她，就不会吻她了。如果王子没有吻她，她就不可能把毒苹果吐出来，那就真的会死掉。"艾莲娜条理分明地说。

"只是做梦而已啦。"朱利缓缓地说。

"梦里面会有特别的暗示。"艾莲娜用老师的口吻说，"可惜你只梦到这里。搞不好克拉拉老师想在梦里告诉你一些事情。灵魂有能力做这种事。"

"她又还没死。"朱利回嘴。

"也对。"艾莲娜思索了一下，说，"你在她家的时候，听不懂她的话？"

"你听得懂吗？"朱利问，"你知道她为什么要对自己生气吗？"

艾莲娜摇摇头，说："她生病快死了，也不是她的错。她也没办法啊。"

一旁的外公突然开口说话了："那还用说吗？她在害怕嘛。"

朱利压根儿忘了外公就在旁边。他不是在打瞌睡吗？

之前还听到鼾声呢。

外公接着说:"没错,就是害怕。每一个快死的人都会害怕。我在医院开刀以前也很害怕。像我这把年纪的人,让人那样割来割去的,随时可能会上西天。有些人这么一开刀就再也醒不过来了。"

"所以就会对自己生气?"朱利不解地问。

外公很肯定地点了点头。

"每个人都希望自己很勇敢,但是做不到。"外公自言自语地说,"有人早点儿死,有人晚点儿死。但每个人迟早都会除了死的事情之外什么也不想。想那座坟墓,那个黑洞,那口棺材,又黑又冷又孤单……快死的人会把他们喜欢的人赶走,因为他只想孤军奋斗。"

"孤军奋斗会比较好吗?"朱利问。

"小子,又有谁帮得上忙呢?哪个人不是孤孤单单地死掉!"外公叹了口气说。他举起拐杖,把一只还想咬面包皮的鸽子赶走。

"不对,"艾莲娜突然说,"不对,不对,不对!"

外公嗤之以鼻地说:"哼,你懂什么?"

艾莲娜没回应。朱利发现艾莲娜正聚精会神地思索着。

"不是这样。"艾莲娜把她的结论告诉朱利,"那天克拉拉老师在教室里什么都没说就离开了,但其实她还想见你

一面。她并不是真的想说再见,所以她才会对自己生气。因为她一向都知道该怎么做,也从来没做错过。"

"呸!谁做得到啊?每个人都会做错事。"外公多事地插嘴。

艾莲娜不理会外公,接着说:"她生气,是因为她想用别的方式和我们说再见,可是她不知道要怎么做。"

外公又用拐杖赶跑了两只鸽子,喃喃地说:"那你就知道了?拜托,那就天下太平了。"

艾莲娜摇摇头,说:"我们也不知道该怎么做。"艾莲娜想了一会儿,然后出人意料地笑了起来,说:"不过,朱利会想出好办法的。"

第二十一章　最后一份礼物

朱利惊讶地看着艾莲娜。她又在胡说什么？

艾莲娜兴奋地指着朱利说："这就是为什么你会做那个梦啦！这是老天爷给你的灵感。"

艾莲娜满怀期待地看着朱利，朱利摇摇头。那场梦从头到尾一点儿道理也没有。克拉拉老师不是白雪公主；而弗莉达，那个墓园里的老太太，虽然常混进别人的葬礼，也不至于把人毒死。

这时，外公嘲笑起来："梦是泡沫，小丫头。难道你亲眼看过小矮人？那些摆在花园里的塑料小矮人会盖上一口棺材才怪！"

"真实世界里没有小矮人有什么关系。"艾莲娜不服气地说，"如果白雪公主是克拉拉老师，那小矮人就是……"

"就是她的学生。"外公大笑起来，"太体贴了！他们把

自己的老师丢进棺材,砰的一声把铁盖子盖上。这就是学生对她的回报!钉棺材的钉子会多到用不完。"外公笑个不停。

"你真的梦到那里就醒了吗?"艾莲娜悄悄地问朱利,"有没有其他线索?你在跟我讲那个梦的时候有没有漏掉什么?"

朱利迟疑了一会儿,然后说:"我也突然掉进棺材里,然后那些小矮人就准备盖上盖子,钉上钉子。我拼命往外爬……"

朱利有些不情愿地说出那个梦的结尾:"克拉拉老师也想出去。不对,我是说,我不想让她留在那里。可是到这里我就醒了……"

"没错!"艾莲娜开心地插嘴说,"你找到办法了,朱利。那口棺材不是她要的。这就是她要跟我们说的。"

"呸!死人才不会在意这个呢。"外公又多管闲事了,"把他丢进布袋,他也无所谓。"

艾莲娜笑着说:"可是她现在还没死啊,所以她一定会在意的。"

艾莲娜跳下长板凳,把朱利拉过去,要朱利陪她跳一支高声欢呼的印第安人舞。

"不要黑棺材!"他们边跳边唱着,"不要黑棺材!"

"发什么疯!朱利,过来!"外公生气地喊了几次,不过那两个孩子仍是跳个不停。于是外公喃喃咒骂着,自己一个人回家去了。

朱利周围的一切化成了浮掠的彩色光影:板凳、大树、绿草和渐行渐远的外公的背影。朱利不停地转呀转,享受着那种晕眩感和脑袋里一种如云轻柔的感觉。而在这个朦胧的漩涡里,一个念头浮现了,随着每回狂野的旋转越来越清晰。朱利放开艾莲娜的手,笑着跑过她身边,四肢摊开倒在草地上。不一会儿,艾莲娜也在他身边躺了下来。树梢和白云有如转动的轮盘,越来越慢,越来越慢,直到完全停下来。

"我们不是在发疯。"朱利说。他转头看着艾莲娜。

"我知道。"艾莲娜回答,"克拉拉老师最讨厌黑色了。"

"这就是我们要送给她的礼物,和她说再见的礼物。"朱利耳语着。

艾莲娜眨了眨眼。

"你知道吗?"朱利显得有些兴奋,因为他终于知道该怎么做了。他接着说:"我们亲手做一个箱子送给她。一个彩色的、很特别、很漂亮的箱子。这样她至少就不会害怕那个她要躺进去的东西了。"

艾莲娜望向远处,埋葬费多林的地方。当初,她也把装费多林的香烟盒涂成了彩色的。

"那个箱子要怎么做?"艾莲娜有些不安地问。做棺材用的美劳材料组合包?应该买不到这种东西吧。

"自己找材料来做。"朱利干脆利落地回答。

朱利脑子里也有那个箱子的雏形了。用刨过的、浅色的木板来做,四个角用燕尾榫的木工技巧接合。也就是用交错的燕尾结构,把两块相接的木板扣在一起,而形成一个牢固的直角。以前外公常在工作室里做木工时,为朱利解说过这种技巧。那是去年夏天他发生意外以前的事。

"你外公现在不想做木工了。"外婆这样对朱利说过,"他不能站太久。"

于是,妈妈在圣诞节时送给外公一辆轮椅,让他可以在工作室里坐着做木工。但外公一看到轮椅,连坐都不愿意坐一下。它直到现在连包装都还没拆,就好端端地放在房子后面的工作室里。

朱利盘算着,对艾莲娜说:"现在要动脑筋想的,就是怎么说服我外公来帮我们的忙。"朱利认识的人当中,只有外公会做木工。

"他才不会答应呢!"艾莲娜马上反驳说,"你没听到他说的吗?他说我们发疯了!"

"话别说得那么早。"朱利露出狡黠的笑容。他脑子里已经计划好下一步了。如果成功的话,他们就会轻轻松松地得到那个木箱子。

他们一路往前跑,追上了外公,和外公一起慢慢往前走。

"算你们赢了。"外公嘟囔着。他的拐杖愤愤不平地敲在柏油路上。

艾莲娜不禁偷笑。

朱利忍住偷笑的冲动,悄声对艾莲娜说:"别笑。"外公的坏心情正是他现在所需要的。

"我们要做一个木箱子送给克拉拉老师,当作和她说再见的礼物。"朱利用轻松的口吻对外公说。

外公差点儿扶不稳拐杖。

"一口棺材？你们要送那个可怜的女人一口棺材？"外公问。

外公说棺材的时候，语气真的很不好。

"是箱子。"朱利再次强调。

"如果你指的是棺材，就不能说是箱子。"外公用他那种咒骂的嗓音说。

"好吧，棺材就棺材。"朱利让步了。也许多说几次，就不会感觉那么糟了。

外公摇摇头，说："小孩子做什么棺材。你们根本不会。要专业的木匠才做得出来。你们做的棺材啊，老师一躺进去就垮了……算了吧。"

以前那个没受伤的外公一定不会这么说。以前那个外公什么事都愿意和朱利一起做，甚至是妈妈和外婆不准他做的事。但外公受伤以后，性情就变了。他变得不爱说话，有时候一整天看什么都不顺眼。他唯一有兴趣的事似乎就是冷嘲热讽，挑别人的毛病。

外婆总是帮外公说话，为他找借口："你外公整天全身酸痛。"

妈妈也会轻声对朱利说："你外公觉得自己突然变老了。他不愿意接受这一点。"

朱利对爸爸抱怨外公时，爸爸就会这样没好气地说：

"这种人就是在用他的坏脾气污染周遭环境。如果没有人对他直说的话,他就会那样继续下去。一定要有人用激将法去刺激他,他才会顺服得像羔羊一样。就像我那些客户。"

激将法,这就是朱利的计划。

朱利鼓起勇气对外公说:"我敢打赌,你现在想做也做不来了。"

鱼饵抛出去了,外公会上钩吗?

"你说……"外公把吐到唇边的冷嘲热讽倒吞回去,说,"你说什么?把六块木板接在一起,这么简单的事,你说我做不到?我老实告诉你,我比那些做棺材的木匠都厉害。"

"不可能。"朱利反驳外公的话,暗地里希望爸爸的激将法有效。

"不可能?不可能?你懂什么?!"外公激动地说,"如果我要打一口棺材,我一定会精心策划,才不会随随便便把木板黏在一起了事。你们等着看好了!"

外公用拐杖在人行道上比画着,滔滔不绝地说:"首先,我要有干湿度适中的木材。这是个大学问。不能到木材行随便买。"

成功了!朱利暗自开心地想着,故作轻松地问:"那我们要去哪儿买木材?"

"我可以通过一些朋友去……"外公停顿下来,看了朱利一眼。外公的目光很清楚地表明他知道自己已经吞下鱼饵并被朱利钓上岸了。现在,谁也救不了外公。

"你们真的要造一口棺材?"外公问。

朱利有些紧张地点点头。

艾莲娜也赶紧说:"我也帮我的天竺鼠做了一个彩色的箱子。比直接埋在土里好多了。"

外公轻蔑地哼了一声,意思是说艾莲娜的箱子怎么能和他的木工技巧相提并论。

外公提高音量说:"我们要做的绝对不会粗制滥造。如果你们老师真的那么好的话,那就值得给她最好的。"外公的口气已经不带一丁点儿愤怒和嘲讽了。他继续往前走,脚步比刚才更大了,背比刚才更直了,手里的拐杖敲在柏油路上,听起来像一首活力充沛的进行曲。

第二十二章　施工计划

他们一回到家,就目睹了一场争吵。

妈妈气得满脸通红,大声地嚷着:"我又没有叫你帮我擦窗户!"

"你在这儿又没帮手,而且窗户那么脏!"外婆坐在厨房餐桌前,委屈得都快哭了。

"那又怎样?如果我心情好,我会每个月……不是……每个星期去擦我的窗子。可是窗子干净不干净对我来说没那么重要。"妈妈环顾了一下四周,又说,"你连地板都擦了!"然后妈妈打开橱柜门,喊了起来:"你把东西都重新摆过啦!是存心让我找不到吗?"

"我只是好心想帮你而已,孩子。"外婆灰心地说。

"我不要你帮我。我不需要人家帮忙。我自己一个人可以打理得很好。"妈妈说。

外公看了朱利和艾莲娜一眼,说:"这里没办法专心工作,跟我来!"

他们转身就走。

"你们要去哪儿?"妈妈大喊。

"别走,蛋糕烤好了!"外婆也喊了起来。

"什么?你还做了蛋糕?!"妈妈又开始叨念了,"你要让朱利觉得他妈妈什么都不会吗?你是来和我暗地较劲的吗?"

外婆回嘴说:"做蛋糕给外孙吃有什么不对?是你自己请我来照顾朱利的。"

"是我请你来的没错,可是我没想到你会做蛋糕。我们中午都是吃水果。"妈妈从水果篮里拿出一颗苹果,砰的一声摆在餐桌上。

外公把朱利和艾莲娜推到公寓门外。他们下了楼,到了街上,妈妈和外婆从上面窗口齐声大喊:"你们怎么就这样走掉了?"

"我们去工作室。"外公喊着回答。

"我们要做一样东西!"朱利也跟着大喊一句。

外公的工作室是他们家后面的一间仓房。里面一边是木工工作台,另一边是收纳工具的柜子。外公以往总是在工作室门外堆满了长条木板、废铁五金和一大堆他觉得以后会用到的东西。外婆总是说,这里是外公的垃圾场。

但外公已经好几个月都没来工作室了,门口这堆收集品也一星期一星期地减少,因为外婆在每个礼拜六垃圾车来收大型垃圾时,都会把这些东西拖过外公面前,拖到前院篱笆外的人行道上。

有一次,朱利也在那儿。他看见外婆把一个断掉的船桨和一个只有半边的圆木桶丢出前院。外公靠在篱笆上,呆滞地望着大街,没有阻止外婆,也没有说半句话。外公和朱利计划过,要利用那些东西造一艘小船,好让朱利在新住宅区后面的大池塘里玩船长的游戏。

如今,工作室前只剩下几根木桩和一辆旧脚踏车,外公的其他宝贝都被垃圾车运走了。

外公也快认不得这间工作室了,工具柜不再像以前那样敞开着,工作台上什么东西也没有了;地板扫得一干二净,一点儿木屑或木粉都没有。外公抬头看,房梁之间的蜘蛛网也被有洁癖的外婆通通清除了。外婆以前不敢拿抹布、扫把和簸箕走进外公的这个地盘,但如今外公已经不在这里称王了,甚至工作室的正中央也被一张花园木桌取代了,桌上摆着两箱腌制用的玻璃罐和一大袋塞得满满的旧衣物。

"把这些东西拿走。"外公一声令下,艾莲娜和朱利快速地把桌上的东西搬走了。

然后外公打开工具柜,拿出绘图纸、长尺、量角器和木工铅笔,又从口袋里拿出老花眼镜架在鼻梁上。

朱利和艾莲娜依照外公的指示,把绘图纸在桌面上摊开来。外公把两手撑在桌面上,朱利发现外公的右腿抖个不停,外公不敢放开一只手去拿那支长尺。

"外公,"朱利小声提出建议,"坐下来会比较好画。"那个装轮椅的纸箱就在工作台旁边,在外公的蓝色工作服后面。

"我才不要坐什么轮椅。"外公嘟囔着,然而他的另一条腿也抖了起来,身子踉跄了一下。"该死!"外公骂出口。

"就现在,坐一下就好。"朱利说。

外公咕哝了几个不置可否的字。于是,朱利赶紧跑到纸箱旁,和艾莲娜一起把轮椅拉出来,推到桌边让外公坐下。

"我从来不坐着工作。"外公边说边拿起铅笔,把长尺和量角器放在纸上,开始画线。艾莲娜和朱利专心看着这些线条如何连成平面,最后变成一个立体的长形箱子。

"这是基本结构。"外公为他们说明,"再就是底座的细木条和其他装饰的配件。"外公又抓住尺准备画线。

但朱利把手放在纸上说:"简单的箱子就好了。"

外公把眼镜推高,说:"怎么可以把人葬在一个简简单单的箱子里?又不是在做搬家用的箱子。"

朱利点头说:"我知道。可是我们打算自己做装饰。每个人都可以画自己想画的东西。"

"每个人?"外公的目光从朱利移到艾莲娜,又看了回来。

"不止我们两个。"朱利说,"还有班上所有同学。这是我们要一起送的礼物。"

外公有些犹豫。朱利真的要让班上所有同学都到工作室里来吗?

艾莲娜突然想起朱利那场梦和外公冷嘲热讽的回应,不禁窃笑起来,调皮地对外公说:"你说我们都是小矮人,那是你自己说的,说得太好了!"

"可是我的意思不是那样。我只是……"外公试着为自己辩护。

"唉,外公,你不会想放弃吧?如果同学全来了,你就招架不住了吗?"朱利调侃了一下外公。

"才不呢。"外公嚷了起来,"想当年我在工厂里管理上百个员工,你们这几个小鬼怎么难得倒我?"

朱利搂住外公,在他满是皱纹的脸颊上亲了三下,毫不在意外公的胡子茬儿扎人会痛。

"你是全世界最棒的外公!"朱利说。外公哼了一声不领情,但他并没把朱利推开。

第二十三章　云、马和海洋

"要先发誓。"朱利提出要求。十一个孩子聚集在公园长桌旁，人数是全班的一半。菲利浦、路卡和席林没来，因为他们足球队要集训。玛莉和劳拉没来，因为她们和艾莲娜吵架翻脸了。还有尼可，无故缺席。

人到齐了，大家兴致勃勃地盯着朱利瞧。朱利把卷起来的设计图夹在腋下，他要同学们先发誓不把这个秘密泄露出去，才愿意把设计图摊开。

"没问题，没问题，我们发誓。"卡蒂亚有点儿不耐烦地说。她的表情透露出一件事，那就是她不相信艾莲娜先前在教室里对她说的悄悄话——朱利真的想出了一个好点子，他知道要送克拉拉老师什么礼物最好。

"不行，要真的发誓。"朱利坚持。于是同学站成一排，一起发誓说，他们宁死也不会把秘密泄露出去。

朱利满意了。他把外公的设计图在桌上摊开。

"咦,这是棺材吗?"山迪惊讶地说。

朱利点点头。

"你哪根筋不对劲啊?"卡蒂亚马上大叫起来,"怎么可以送她棺材?这比莉娜要送花的点子还糟。"卡蒂亚环顾同学,希望得到他们的支持。

"这是克拉拉老师想要的礼物。"艾莲娜肯定地说。

"是她自己告诉你们的吗?"山迪问。

"她没有直接说。"朱利回答,"是我……"

艾莲娜连忙插嘴说:"她很怕那种黑箱子,所以我们要帮她做一个不一样的。她确实把这个信息清清楚楚地传递给我们了。"

艾莲娜知道,如果朱利把他的梦说出来,卡蒂亚会有什么反应。那只会把事情弄得更糟而已。重要的是,朱利和艾莲娜接收到了克拉拉老师暗中发出的信息。

"你去找过克拉拉老师吗?"山迪仍是打破砂锅问到底。

"嗯,他去过。"艾莲娜马上替朱利回答,然后又说,"如果有人不想参加,现在可以退出。"艾莲娜说这句话时,眼睛盯着卡蒂亚。

卡蒂亚又环顾了一圈,没有人离开。

"如果你们真的想这么做,"卡蒂亚吞吞吐吐地说,"那

我也参加好了。"

同学全跪在长椅上,俯身看着设计图。

朱利开始说明:"我们先买浅色的木材,这个我外公会帮忙。然后我们借用他的工作室,等箱子的样子做出来以后,我们再来做装饰。这个箱子一定要很鲜艳,有很多颜色。"

"还要画上很多老师喜欢的东西。"艾莲娜补充说明,"每个人可以自己先想好要画什么。"

朱利已经想出很多点子了,不过艾莲娜之前就提醒过他,要等其他人把点子都抛出来以后再做决定。

但朱利暗自担心着:"可是,如果卡蒂亚和山迪的点子很烂呢?"他想起去年市立图书馆请他们在馆外墙上画画,结果山迪在墙上写了"读书最无聊",旁边还画了一张叼着香烟的嘴巴。如果山迪又作怪怎么办?

"音乐。"莉娜打破沉默说,"我是说,可以画天使在唱歌。"她哼唱了一句,接着说:"我爸一定有乐谱。我要把乐谱画上去。"

朱利看着莉娜,松了一口气。

接着,其他人也纷纷发言了。

"我要画一个热气球,让克拉拉老师可以在云里飘来飘去。"

"我要画我们海滩上的那棵棕榈树。"

"画艾菲尔铁塔。"

"画一张成绩单。"

艾莲娜把所有意见写了下来。

"我要做那匹马。"山迪说,"不是女生骑的那种小马,是老师读的那本书里面的马。我可以用钢线锯来做。"

只剩卡蒂亚还没发言。她盯着那张设计图。外公为他们从不同角度画了好几个棺材。

卡蒂亚想了好一会儿,终于开口说:"如果你们只在外面做装饰,那里面一样是黑漆漆的啊。"

朱利回答说:"我们可以里面外面都画呀,我们有那么多好点子。"朱利觉得艾莲娜通知卡蒂亚过来实在欠考虑。

玛丽安说:"对呀,我的热气球,还有天空和白云,都可以画在盖子里头的那一面。"

卡蒂亚点点头,她也有一个好点子。可是这个点子和别人的不一样。别人会嘲笑她吗?

"我想,"卡蒂亚有点儿担心地说,"也许可以把我那块蓝布铺在里面。木板那么硬,躺起来一定很不舒服。铺了布就舒服多了。"她停下来等大家的反应。

"人死掉就没感觉了啦。"朱利嘴里吐出了外公那句嘲讽的话。朱利很想把卡蒂亚赶走,因为他对卡蒂亚之前骂他又打他肚子的事仍耿耿于怀。

"可是,人一死也就看不到热气球和白云了。这个箱子不是要送给死掉的克拉拉老师,而是现在还活着的克拉拉老师。"卡蒂亚接着说,现在她的声音更小了,"那面海可以在里面陪她,我们还可以用亮晶晶的、不同颜色的布剪出很多小鱼,缝在海面上,那就有很多小鱼可以陪她了。那是她自己想出来的好点子,最后一个好点子。"

朱利想着,是倒数第二个才对。他脑袋里浮现出那棵新栽的苹果树。

卡蒂亚一看朱利没回答,紧接着说:"你们觉得不好就算了,没关系。只是突然想到而已。"

"我觉得这个意见很好。"艾莲娜边说边碰了碰朱利,"真的很好。"

"我也觉得不错。"朱利克服了心中的抗拒,然后又坚定地加了一句,"盖子上面要有一棵苹果树,因为那是克拉拉老师特别想要的东西。"

第二十四章 动工喽

暑假的第一个礼拜,外公的工作室里挤满了孩子。他们把外婆的花园木桌搬到门外,外婆没反对,反而很开心,因为外公又有兴致做木工了。外公这回要做的家具外婆也不清楚到底是什么,不过她很高兴外公让朱利和同学来帮他的忙。

"认真工作的人容易口渴肚子饿。"外婆开心地说。于是她每天都准备了果汁和亲手烤的饼干,放在工作室桌上。她也帮外公煮了现磨咖啡。"劳动的人不怕咖啡因。"外婆说。

工作室的地上摆了六块厚厚的长木板,是外公向一位木材商买的,他们有送货服务。艾莲娜把那本书顺利地退回了书店,每位同学又掏出了一点儿零用钱,于是朱利一共凑了七十四欧元交给外公,请他帮忙订购木板。

"拜托不要买太贵的。"朱利有些忧心地说。

"一分钱一分货。"外公嘟囔了一声。然而,外公一看见朱利担忧的神情,就马上改口说,"别担心,我会使出浑身解数,和那个木材商好好杀价。"外公真的说到做到了。木板送来时朱利不在场,因为那天是学期最后一天。不过后来外公只跟他要了三十八欧元。

他们用剩下的钱买了颜料,都是很抢眼的颜色:银灰色、群青色和深红色。其他几个基本颜色外公都还有库存,甚至还没开封呢。画笔、装饰用的狼尾、砂纸和钢线锯也都应有尽有地摆在工具柜里。

暑假一开始的那个星期一,他们动工了。朱利的妈妈喜出望外。她没想到外公会回工作室去做木工。

"你们要做什么东西?"妈妈问。

朱利什么也不肯透露:"秘密,不能说。我们会给大家一个惊喜。"妈妈也没追问下去,她和外婆一样感到欣慰。

孩子们遵照外公的指令,把木板裁切好了。然后他们散坐在地上,拿着砂纸把木板表面磨平。这是一个很需要耐心的工作。外公坐在他的轮椅宝座上,时时不忘东嚷西嚷地给予指导意见。

"孩子啊,用点儿力气好不好?不是擦,是用力磨!"

"喂,那边那个,你把角都磨圆了!你以为你在做摇摇马啊?"

如果把小伦也算进去的话,工作室里只有七个孩子。小伦是艾莲娜的弟弟,幼儿园也在放暑假,艾莲娜又必须照顾他,只好把他带到工作室里来。

艾莲娜叹口气说:"如果我不把他带过来,我就只能窝在家里了。"

艾莲娜想让弟弟留在厨房,和朱利的外婆在一起,可弟弟不愿意。于是小伦像只黏人的苍蝇跟着艾莲娜到处跑,到处想插手帮忙,却又越帮越忙,让大家一个头两个大。到了最后,小伦还无缘无故大哭起来,外公只好在木箱里找了几块木头,让小伦也可以拿着砂纸把它磨平,把它锯成两半,或是钉上钉子。

有时小伦也会把手指放在嘴里,站在那儿盯着六个大孩子瞧。那六个孩子是玛丽安、莉娜、山迪、卡蒂亚、艾莲娜和朱利。原先约定好的同学里有四个和家人旅行去了,帕克改变主意不想来了,而席林、菲利浦和路卡又忙着参加足球集训和比赛,偶尔才过来帮忙。于是朱利让他们不用再来了。

朱利对他们说:"你们这样说来不来的不行啦。"

到了第三天验收成果,木板磨得相当平滑,摸起来很

柔顺，外公十分满意。接下来要把木板接合了。孩子们全都屏住呼吸，看着外公把木板接合处的燕尾榫漆上一层薄薄的木工胶，再把两片木板牢固地接合在一起。孩子们帮外公用木工夹把接合处夹紧，有些地方挤出了一点儿木工胶。有块木板上有道剐痕，那是玛丽安不小心用锯子剐到的。剐到的时候她自己也吓坏了。

"这没关系。"外公安慰她，"我有一种填缝专用的木工胶可以把表面填平，等它干了以后会像木板一样硬。你再用砂纸把它磨平，就没有人看得出来那里有一道剐痕了。"

外公先把箱子接合好，再完成盖子的部分。这两个东西放在地上，看起来像两个蜂蜜黄颜色的船身。

"接下来就是最关键的时刻了。"外公宣布。在外公的指挥下，孩子合力抬起盖子，小心地放在箱子上。完全吻合。

"休息时间，喝咖啡！"外公满意地大喊一声，走向厨房。

这几天来，小伦总是站在工作室的一角，猜想着大伙儿到底要做什么东西。他知道这是一件礼物，一件神秘的礼物，回家以后不能随便告诉别人。他们把盖子盖上去以后，小伦好奇地走上前去。没有人注意到他。然后小伦突然把手指从嘴里拔出来，尖声大喊："我知道这是什么了。这是吸血鬼的床！"

每个人都转过头去看小伦。小伦又把手指放回嘴巴里了。艾莲娜蹲在他面前,凶巴巴地抓住他肩膀。

"我们怎么可能送老师吸血鬼的床？"艾莲娜生气地说,"你不要给我出去胡说！"

小伦继续吸他的手指。

"听到了没？"艾莲娜使劲推了推小伦肩膀。

姐姐推得他好痛,可是小伦知道很多吸血鬼的事,别人骗不了他。

"好吧,"艾莲娜投降了,"我现在告诉你,我们做的是什么东西。可是你得答应我,你绝对不能告诉别人,你做得到吗？"

小伦点头答应,其实他只是想让姐姐放开他。

"好。"艾莲娜望着其他同学。有人有好点子吗？卡蒂亚耸耸肩。

棺材就是棺材,看起来就是一口棺材,再怎么辩解也无济于事。说它是吸血鬼的床其实还蛮可爱的,只有艾莲娜不这么觉得。

艾莲娜想得头都快炸了,只能想出一些唬不了人的点子,比如说:给鹳鸟住的鸟屋、去探险时要带的大木箱、迷你潜水艇、飞到月球的火箭……这么笨的说法小伦才不会相信。

天哪,她为什么每天要带这个跟屁虫来?

小伦说:"艾莲娜,你可以老实告诉我这是吸血鬼的床,我不怕。"

"不对,不对,不对!这不是吸血鬼的床!"艾莲娜气得大喊,把绝望的眼神从小伦身上转向朱利。

幸好朱利有个可以解围的好点子,他拿起一张纸,很快画了一口棺材。

"这是一张吸血鬼的床。"朱利把这张纸举到小伦面前。

"不过……"朱利用橡皮擦擦掉一小部分,然后画了四个轮子,说,"这是我们要做的车子。"朱利用严肃的大人口吻说:"可是小孩不准自己制作车子,也不准在街上开车,所以才不能让人知道。外公和我们是一伙儿的,他不会告诉别人。如果你也不把秘密说出去,我们就让你当第一个开这台车的人。"

"开到街上去?"小伦问。

"对,开到街上去。"朱利露出一副爸爸的样子,摸了摸小伦的头说,"我保证。"

小伦一听完,又回到角落去把玩他的木头,大伙儿这才都松了一口气。

"聪明。"山迪悄声说。

"谢啦。"艾莲娜也悄声说。

他们举起果汁,在箱子上面干杯。明天,他们就要动手做装饰了。

然而,小伦坐在角落里,把木头当作模型汽车滑来滑去地玩。

"明明就是吸血鬼的床,想骗我。"小伦自言自语地说。小伦还没笨到会相信小孩子可以在街上开车。

第二十五章 吸血鬼的床

虽然朱利的外婆并不想说出来,但她越来越好奇那群孩子和外公在工作室里忙些什么。

外公说是某样家具。什么样的家具?柜子还是桌子?外婆晚上问外公这个问题时,外公总是把电视开得更大声。

妈妈对这件事也一无所知。

"别插手管这件事了。"妈妈在电话里对外婆说,"他们两个有事可忙,我们就应该感到高兴了。"

外公又变得有活力了,外婆当然很高兴。但是外公一定要这样神秘兮兮的,像在保守国家机密一样吗?

外公和这群孩子工作了近两个礼拜以后,外婆甚至在夜里拿着手电筒,走到工作室去一探究竟。但门锁着,窗帘也拉上了。这片窗帘是外婆亲手缝制的。外公不使用工作室以后,外婆就想,她终于可以把这东西用上了。

"你现在总可以告诉我了吧。我也住在这里呀!我也有权利知道!"外婆不高兴地对外公说。

"我不能说。我答应过他们。"外公回答。

"我会假装什么都不知道。"外婆说。

外公摇了摇头,说:"这你铁定做不到,况且你也不会明白。你还是不要知道比较好,相信我。"

"我不会明白?"外婆一边揉着饼干面团,一边喃喃自语,"他不会帮那些孩子做什么没大脑的事吧?他那把年纪哪里知道孩子能做什么,不能做什么?"

"我要上厕所!"艾莲娜的弟弟小伦来了。

"那就快去呀!"外婆回答他,露出了微笑。现在她知道该向谁探听了。

小伦上完厕所回到厨房里来时,外婆把沾了面团的橡皮刮刀拿到小伦面前,问他:"要不要把它舔干净?"

"要!"小伦马上把橡皮刮刀放进嘴里。

外婆等小伦舔完以后,温柔地说:"他们做那个箱子做了那么久,你一定很无聊对不对?"

小伦有些吃惊地看着外婆。他们也拿谎话来哄骗外婆吗?外婆每天烤饼干给他们吃,他们还这样。真的很不对。

"他们不是在做箱子啦!"小伦对外婆说,"也不是会自动跑的车子!"

"车子？"外婆问。

"他们骗我,要我以为那个是车子。可是我才没那么笨。我知道他们做的是什么。"小伦说。

"是什么？"外婆又问。

"是……"小伦突然想到,他不可以把这个秘密告诉别人。于是他对外婆实话实说:"我不可以把秘密说出去。"

"没错,是秘密就不能说。"外婆很明事理地回答,"虽然他们骗了你,但秘密还是秘密。"

小伦点点头。

"可是,如果是什么危险的东西,那怎么办？"外婆又接着说,露出很害怕的表情。

小伦想,关于这点,他倒是可以透露一些,好让外婆安心。

"是给吸血鬼用的东西啦。"小伦说。

"吸血鬼？"外婆说。

"你知道的呀,就是穿蝙蝠斗篷的那种人,他们会飞来飞去的,还会吸人的血。不过他们不是真的,世界上没有吸血鬼,所以我们不用害怕。"

外婆把面团从塑料碗里拿出来。给吸血鬼用的东西？到底是什么呢？

小伦拉了拉外婆的围裙。

"你蹲下来,我就告诉你。"小伦悄声地说。

外婆弯下身子，小伦伸出双手围住外婆的耳朵，说："是吸血鬼的床，不过不是那种黑色的。他们画了很多彩色的东西上去，是要送给克拉拉老师的，要跟她说再见的礼物。你绝对不可以告诉别人哟。绝对不可以告诉艾莲娜。"

"不会，不会，我绝对不会告诉别人。"外婆匆匆回答，把小伦送出了厨房。外婆这下子有的想了。

吸血鬼的床。小伦说的到底是什么？

外婆把面团留在厨房里不管，连忙走进客厅，在书柜前用手指划过书脊，找到了那本介绍吸血鬼的百科全书。她翻开书页，找到了吸血鬼。字印得这么小，叫人怎么读嘛。她把老花眼镜放到哪儿去了？啊，在厨房，摆在食谱旁边。

外婆把眼镜架在鼻梁上，捧着厚厚的百科全书，坐在摆着塑料碗和锡箔纸的餐桌旁。她用目光匆匆扫过那篇文章，得到的结论是：吸血鬼是传说中夜里从坟墓跑出来吸活人血的死人。

恶心死了！外婆想着。她把比较短的那段文字又认真读了一遍。书里没说这个传说中的角色都在哪里睡觉。小伦说的吸血鬼的床到底是什么东西？

外婆又翻页寻找更多信息，终于找到一段了。她把眼镜推正：吸血鬼是蝙蝠类的生物，靠吸食其他动物的血液

为生。可是小伦说,吸血鬼吸的是人类的血,不是动物的血。

外婆把书合上,拿起电话,她打算打电话给她的女儿。她想得没错,这件神秘兮兮的事就是有哪里不对劲。她的直觉总是很准。

"喂,亲爱的,你在忙吗?我没打扰到你吧?"外婆说。

"朱利怎么了?受伤了吗?"朱利的妈妈马上担心起来。

"没有,没事。"外婆说,"我只是想问个问题。"

"什么问题?"妈妈开始有点儿不耐烦。柜台那儿有三位顾客,还有一位老先生要量血压。

外婆尴尬地咳了一声,说:"你能不能告诉我吸血鬼在哪里睡觉?"

"吸血鬼?"妈妈觉得有些莫名其妙,"吸血鬼又不是真的。"

"我知道,我知道。"外婆仓促地回答。

"你去问朱利好不好?他一定知道答案。"妈妈说。

柜台那儿的顾客露出不耐烦的表情。妈妈现在根本没时间去管吸血鬼的事。

外婆回答说:"唉,朱利他们现在忙得很,我不想去吵他们。我以为你知道答案。百科全书上面也没写。"

"你还去查百科全书了?"妈妈皱着眉头在收款机上打

了一盒阿司匹林的价钱。

"你真的不知道?"外婆用急迫的口气说。

"我怎么会知道?!"妈妈生气地回答,她把防晒乳的价钱少打了一欧元。

"等一下……"妈妈往后瞄了一眼说,"我把电话给克劳斯,他应该可以帮你。"

妈妈对年轻的克劳斯挥了挥手,把电话交给他,悄声说:"是我妈。她有一个吸血鬼的问题要问你。她可能在玩填字游戏。"

外婆耳边响起一个愉悦而低沉的嗓音。

"喂?有问题问我就对了。"克劳斯说。

外婆不安地笑了一下。她真的要向这位素昧平生的年轻人问这种问题吗?但外婆如果没搞清楚吸血鬼的床是什么,她一定会浑身不舒服。

于是,外婆硬着头皮问:"你能不能告诉我,吸血鬼睡在哪里?"

"吸血鬼?这简单。"克劳斯回答,"他们不能让自己晒到太阳,所以都住在地洞里。在电影里,吸血鬼白天都睡在棺材里,到了晚上才从棺材里爬出来,到外面去吸活人的血。"

"睡在棺材里?"外婆说这句话时差点儿被口水呛到。

"没错。如果你填'棺材'接不起来,试试看'灵柩'或'古棺'。"

"谢谢。"外婆几乎没声音地答道,"谢谢你。"

"不客气。"克劳斯挂了电话,对妈妈点点头,说,"没问题,搞定了。"

外婆盯着桌面发愣。如果小伦偷偷跟她说的话是真的,那么朱利和那群孩子正在做的就是送给克拉拉老师的棺材,当作和她道别的礼物。

外婆这么一想,全身起了鸡皮疙瘩。她又打了通电话到药店去,电话占线。于是她拨了妈妈的手机号码,但传来了一个陌生的声音,说:"您拨的号码现在无法接听,请在哔声之后留言。"

外婆挂上电话,不安地捏着手心,然后又拨了一次妈妈的手机号码,结结巴巴地留言说:"喂,艾莉卡,朱利他们根本不是在做柜子。他们在做一口棺材,要送给克拉拉老师当作毕业礼物。我现在就去工作室看看。可是如果真的是棺材,那我该怎么办?"

第二十六章　满满的爱

摆在工作室里的,已经不再是一个平滑的、蜂蜜黄的大箱子了,玛丽安的热气球在盖子内侧雄伟地往上升,飘荡在耀眼的白云和湛蓝的天空之间。如果仔细看,会发现热气球的藤篮里有一个小小的乘客。再仔细看,就会发现那个人正是克拉拉老师。老师带着笑容,往下招手,仿佛她真的看见了卡蒂亚的那片海洋。

那块水蓝色的布铺在箱子里,卡蒂亚在布面上用大针缝了十八只彩色的小鱼。一只鱼代表一位同学。他们也在箱子的内侧四面画了很多孩子,有的看书,有的数数,有的跑,有的跳,有的吃,有的睡,有的哭,有的笑……每一面都有一个什么事也没做的孩子,安静地抬头往上看,举起手来,像是在打招呼。等盖子盖上去的时候,这四个孩子就会从四个方向仰望热气球,最后一次挥手致意。

箱子外侧也一样精彩。

那匹忠诚的马,阿恩,在较长的那个侧面奔驰在一片缀着野花的草地上,它的鬃毛飘扬于风中。这匹漂亮的马是山迪在一片比较薄的木板上画出马的形状,再用钢线锯锯出来的。他把马涂成黑色,再牢固地粘在箱子外侧。艾莲娜也在马的左右两侧画出克拉拉老师念给他们听的那本书。

"这样看起来,就像这匹马从书里跑出来,又跑回书里去。"艾莲娜向大家解释。

另一边较长的侧面是莉娜画的天使之歌:一行五线谱,上面有让人看了很开心的彩色音符;吹着长号、拨着竖琴的天使四处飞翔。莉娜还在一个空白的角落画上一颗伯利恒之星,配合得好极了。

盖子外侧是朱利画的苹果树,而树上的苹果和山迪的马一样,都是用钢线锯在薄木板上锯出来的。朱利请外公帮他在每颗苹果上钻一个小洞,又在树枝上固定了很多小铁圈,然后朱利用粗红线把每一颗苹果都绑在铁圈上,让苹果树挂满了苹果。

"你也可以把苹果粘上去啊。"山迪想帮朱利省点儿力气,但朱利不想那么做。苹果一定要绑起来,就像克拉拉老师的苹果树绑着苹果那样。这是她最后一个好点子,绝对不能更改。

前方那个比较短的侧面上,只斜斜地写了一个名字:克拉拉。

他们之前讨论了好久,到底该不该把名字写上去。如果要写,是不是应该写全名:克拉拉·麦德特。结果他们发现如果写全名,字就太小了。

最后,还是外公帮他们拿定了主意。外公说:"克拉拉是她出生的时候得到的名字,现在她带着这个名字走,也算合情合理。"

完工前还有最后一道步骤,就是给箱子涂上透明漆。要先均匀地涂上一层薄薄的透明漆,干了以后用砂纸磨平,再涂第二层。

"专业的木工师傅都会这么做。"外公说。

于是孩子们分工合作,各自拿着蘸了透明漆的刷子,刷在他们自己画的图案或做的装饰上面。

小伦上完厕所,回到工作室里来时,没人注意到他匆匆走过箱子时,一脸愧疚的神情。

朱利给最后一颗苹果刷漆时,工作室的门突然打开了。他吓得松开手,刷子滑落下去,一大坨透明漆滴在树枝上。朱利留意到了,但没有动手把它擦掉,因为他的注意力集中在了外婆身上。外婆站在门口探视,像怕见到什么她这辈子最不想看到的东西。

"我的天哪！我真没想到！"她用手蒙住了脸。

"不是我！"小伦边说边躲到外公轮椅后面，"真的不是我。"

"你们做什么东西不好，为什么要做棺材？真是太可怕了，而且……而且太不正常了。"外婆脱口而出这些话来。

"可是外婆……"朱利想插嘴，但马上就被外婆打断了。

"别说话，听我说！你们到底在想什么？送你们老师这种毕业礼物！朱利，怎么可以拿这种事来开玩笑！"

"外婆！"朱利喊着。

"难道这是你的主意？"外婆把矛头指向外公，"你那种黑色幽默我太清楚了。但你怎么可以叫孩子做这种事？毕业典礼又不是葬礼！你想想看，把一口棺材送到老师面前，你要她怎么想？"

"外婆！"朱利放声大喊，好让外婆不要再说下去了，"这不是毕业礼物！是因为克拉拉老师快死了，我们才送这个。你懂不懂？我们老师病得很严重，她就要死了。不是可能会死，是快要死了，而且一定会死。"

外公把轮椅让给外婆坐。外婆脸色发白地坐在那儿，紧紧抿着嘴唇。外婆一言不发地让朱利从头到尾解释给她听：从教室里的海滩度假到克拉拉老师对黑箱子的恐惧。

孩子们争先恐后地为外婆说明他们在箱子上画的、做的东西,而外婆也安静地聆听。甚至连莉娜为外婆哼唱那首天使之歌时,外婆也保持着沉默。

艾莲娜把手轻轻搭在外婆手臂上,说:"我也没办法想象克拉拉老师就快死了。有时候我会希望奇迹赶快出现,让她身体好起来。可是奇迹没出现。她就快要离开我们了。如果我们没送她礼物,她一定会更难过。我们要让她现在

就看到礼物,让她知道她不会躺在一个黑漆漆的箱子里。"

其他孩子连连点头同意。

"如果啊……"山迪说,"如果克拉拉老师又好起来的话,我们也可以把箱子改成别的东西送给她,一个用来种花的箱子啦,不然就是养小白兔的箱子,或是书柜。"山迪很得意自己一下子就想出了这么多好点子。

听了山迪的话,外婆的嘴角动了一下,想偷笑的表情就像咬了一口柠檬,不过她还是没开口说半个字。

"你也说点儿吧。"外公看不下去了,对外婆说,"搞不好你是在嫉妒。"

"嫉妒?"外婆冲口而出。

"没错,嫉妒!这些孩子那么认真地工作了两个礼拜,一天花那么多小时,不停地锯呀、磨呀、画呀的。你觉得很可怕的这个东西,早就已经不是棺材了。它是一个箱子,装着这些孩子觉得最重要的东西。"

外婆不解地摇了摇头。

外公把朱利拉到身边来,对他说:"我跟你说,如果我知道自己快死了,我会很乐意躺在这样一个箱子里,因为这个箱子里满满的都是爱。"

朱利惊讶地抬头看着外公,感到无比的欣慰。他想起外公在两星期前才说过:"死了,就什么都没有了。"

"没错,"外公再次肯定地说,"满满的都是爱。你只是没看到这一点罢了！"

所有孩子都用期待的眼神望着外婆,而小伦也从轮椅后面爬了出来。小伦很高兴艾莲娜没有赏他一巴掌,所以他现在也想帮大家的忙。他碰了碰外婆的膝盖,说:"你不用害怕,这真的不是吸血鬼的床。只要不把盖子盖上,我也敢爬进去躺。要不要我爬进去？"小伦用目光询问其他孩子。

"最好不要。"外公回答,"这不是玩具。我们今天就工作到这里好了。人有的时候需要一点儿时间去了解他不熟悉的事。"外公的最后一句话更像是对自己说的,而不是要说给外婆听。因为这时外婆露出一副固执傲慢的神情,而外公从外婆的眼神中读出了外婆心里所想的:那个想爬进棺材里的小男孩,压根儿不懂死亡是什么。

国际大奖小说

第二十七章　禁足令

所有人都离开了工作室。小伦号哭着,被艾莲娜拖出工作室。艾莲娜这时已质问出是他把秘密泄露出去的。

"要不是你那张臭嘴到处乱说,我们现在也不会这么惨。"艾莲娜一路念叨着,每念一次就狠狠地捏小伦一把。

只剩朱利还留在外公外婆家。外婆把朱利扣留下来,要他坐在厨房餐桌前。而外公则踱步到客厅去,把电视打开,音量转大。外公想着,也许他老婆的想法是对的。而且外婆也在他耳边警告过,他们的女儿艾莉卡已经知道这件事了。而外公一点儿也不想和他女儿起冲突。

"吃吧。"外婆体贴地把一杯果汁和一整块巧克力递给朱利,然后说,"这样做是为了你们好,你总有一天会明白的。"

朱利把巧克力推回去。外婆总是拿甜点来安慰朱利,但朱利现在并不需要安慰,他不疼不痛,心里也不难过。他只是感到一阵茫然的空虚,像心被掏空了一样。

"吃一点儿嘛。"外婆哄劝着朱利。她撕开巧克力的锡箔纸,掰下了一小块。客厅里传来熟悉的新闻前导音乐,播报员报导着水灾、流行病和车祸的消息。短短几秒之内就有上百人丧命,朱利想算都来不及算。

外婆想把朱利拉进怀里,让朱利坐在她大腿上,好喂他吃巧克力。但朱利双臂交叉抱于胸前,一副拒人于千里之外的样子,于是外婆打消了这个念头。

几分钟过后,朱利的妈妈一头扎进厨房,紧紧搂住朱利,让朱利差点儿无法呼吸。

"你怎么不事先跟我商量呢?"妈妈提高了音量,"这一定是她的主意!我从一开始就觉得不对劲。什么在教室里度假!我那时就应该阻止这件事的。不过你现在不用担心了,把一切交给我来处理就好了。不会有事的,没有人会怪你。"妈妈站直身子,不等朱利说半句话,就直接走向客厅。她拿起茶几上的遥控器,一摁把电视关掉,然后身子成大字形,挡在电视机前面。

"老爸,你为什么要骗我,说你们做的是柜子?"妈妈说。

"我没说是柜子。那是你自己那么认为。"外公固执地反驳。

171

"你跟我说你们在做一样家具,而且我说柜子的时候,你也没说不是……"妈妈激动地拿着遥控器挥来挥去,口沫横飞地说,"你怎么可以这样子,背着我偷偷摸摸地和那群孩子做一口棺材?"

"是朱利要我帮他们的。"外公试着替自己解围。

"是克拉拉老师要朱利这么做的!就算她病得再怎么严重,我也不会原谅她这一点。如果她想要定做一口棺材,她应该去找她丈夫或其他亲朋好友,而不是来找我儿子……"妈妈说到这儿突然停了下来,她发现外公把话题岔开了,于是她又继续责怪外公说,"我是说……我是说你应该要保护朱利才对,至少也要让我知道这件事,而不是听他的话,帮他们的忙。我还傻乎乎为你高兴,庆幸你又有兴致做木工了。"妈妈失望地摇起头来。

外公回答说:"我觉得这件事对朱利和其他孩子并没有什么不好。那个可怜的女老师就快死了,孩子需要做点儿什么来帮他们自己面对这个事实。这是朱利第一次这么近地面对死亡,我们总不能叫他逃避现实吧。"

"你哪懂得什么死亡?"妈妈露出一抹苦涩的微笑。

"我看过太多人死了。"外公尖酸地回应,"太多了。"

"随便你怎么说。不过,你就是不懂孩子面对死亡时的心情。"妈妈把心里的话一股脑儿地倾泻出来,"安妮阿姨死的时候,那时我才比朱利大两岁。你要我跟你一起去灵堂,叫我不要害怕,又说阿姨只是躺在那里,像睡着了一样。可是之后我做了好几个月的噩梦!你应该告诉我安妮阿姨到天堂去了,她在那里很快乐,也没有病痛。这样我就可以把她想象成一个漂亮的天使,而不是每天晚上都梦到一张苍白的脸,一张死人的脸!"

"你从来没对我说过这件事。"外公小声地说。

"你一向自以为是,从来不相信自己会犯错。我根本不想跟你去灵堂,也不想去参加葬礼。可是你们硬要我站在前面,和维纳叔叔站在一起。叔叔全身发抖地站在那里哭,我想安慰他又安慰不了,那种感觉真的很无助,你知道吗?老爸,死亡这种事不能让孩子这样直接去接触。对大人来说就已经很难接受了,何况是孩子!我跟你保证,朱利一定不会去参加克拉拉老师的葬礼。我们会等葬礼过后再去她坟前献花点蜡烛。请你不要再插手管这件事了,把工作室锁起来,把那个……那个可怕的棺材锁起来。"

朱利仍坐在厨房餐桌前,妈妈说的每一个字都像冰雹一样重重击落。灵堂、去世的阿姨和颤抖哭泣的叔叔,这些和克拉拉老师一点儿关系也没有,而且那口棺材一点儿也不可怕。那是他和外公一起做过的最漂亮的东西。

朱利起身,缓缓走向客厅。这时外公已经拿回了遥控器,朱利一走过,外公就马上把电视打开。

国际大奖小说

朱利气馁地想着,也许外公已经答应妈妈的要求了。朱利原本想对妈妈说:"这完全是我和艾莲娜的主意。"但朱利一瞧见妈妈的表情就知道,再怎么说也无济于事了。

第二十八章　紧急状况

无论在回家路上、吃晚餐时或是睡前道晚安的时候，朱利和妈妈都没有再提起这件事。妈妈表现得就像克拉拉老师没有生病、工作室里也没有棺材一样。而朱利也一样伪装着。

妈妈把朱利卧室的灯关掉以后，才站在黑暗中轻声说："你一定要相信我，朱利。我做的是对的，即使你现在并不这么觉得。"

朱利对妈妈说："这不是克拉拉老师的错。她根本不知道这件事。是我们自己要做的。"

妈妈沉默了半晌，然后说："老实说，我觉得这样更糟糕。不过让我更高兴的是，这件事已经到此为止了。"

"妈妈，你要……"朱利试着说服妈妈。

"不行，朱利。"妈妈的口气相当坚决，"小孩子又不是

殡仪馆的员工。我不想让你长大以后想起克拉拉老师时，只记得你帮她做了一口棺材。"

妈妈等着朱利回应，但朱利没说半句话。于是妈妈把门关上，把她和朱利之间没说出口的所有话全留在那片漆黑里。

妈妈坐在客厅里打开电视，不停地转台，直到她看到了一部喜剧片。在这样的影片里，每个人都健康快乐，每个人都心想事成。

朱利把卧室的床头灯打开，从书桌抽屉里拿出手机，摁下爸爸的电话代号。

也许爸爸会了解我，也许他可以帮我，朱利怀着一线希望想着。

电话响了三声以后，传来了爸爸的声音："喂……"

"喂，爸爸……"朱利说。

"机主去度假了，七月二十九日才会回来。有紧急状况需要联络的话，请通过公司转达。不过，您可能要等到八月才会接到机主的回电。"

朱利失望地把手机丢在被子上。他根本不知道爸爸公司的电话号码，这么晚了也不会有人待在公司里，更何况他这件事在爸爸眼里也不是什么紧急状况。

朱利感到一股愤怒在胃里翻搅。为什么大人总要插手小孩的事？为什么大人就不能不带评判地来看事情？至少客观一点儿地来看事情？

明天早上九点，朱利就得站在大门紧锁的工作室前面，对艾莲娜和其他同学说，他妈妈和他外婆把这整件事给毁了。他爸爸虽然送了他一部手机，但根本联络不到。而他外公现在变成了胆小鬼，躲起来不帮他了。

的确如此。外公甚至用铁链和挂锁把大门封死了。从窗帘的缝隙可以瞄到一点儿里面的箱子，是写着"克拉拉"的那一面。

"也许明天就不会锁了。"艾莲娜说。

"嗯。"朱利喃喃地说，"可能吧。"不过朱利并不抱任何希望。这件事真的已经结束了。克拉拉老师会在某一天死去；而外婆会在某个星期六，垃圾车来收大型垃圾的时候，把那个大箱子拖到人行道上；而朱利会和外公一样，站在前院篱笆旁一语不发，袖手旁观。

"反正我们明天还会再来。"山迪微笑着向朱利保证，然后又说，"我外公抓狂的时候，只要等个两天他气就消了。"

卡蒂亚给大家打气，说："如果过两天门还锁着，我们再来想办法。我们可以想办法闯进去，把箱子偷走。"

"要不要我去跟我爸妈说这件事？"莉娜羞涩地说，"他们会了解的。我外婆过世的时候，我妈写了一首诗，那首诗还刻在我外婆的墓碑上。还是我叫我妈去找你妈谈谈？"

"最好不要。"艾莲娜说，恼怒地瞪了小伦一眼，"这小鬼在家一样憋不住，跑去跟我妈讲这件事。结果我妈说，朱利他妈妈这样做很正确，因为送给一个还没死掉的人他死掉以后要用的东西，实在是一件很恐怖的事。"

"还是我们直接去找克拉拉老师？"玛丽安提出建议。

大伙儿听了，彼此互相看了好一会儿。

朱利终于开口说："那这样就不算是惊喜了。"

艾莲娜说："如果没别的办法，也只好这样喽。"

山迪信心十足地说："我敢打赌，你外公跟我们一样很喜欢那个箱子，而且他非常得意。他现在一定手很痒，很想把那个箱子做完，所以他一定会想办法让你妈和你外婆改变主意。大人都是那样。我们只要再等几天就没问题了。"

第二十九章 健 忘

但过了好几天,工作室仍是大门紧锁,外公也躲着不见人。到了第四天,孩子们又从窗帘缝隙往里面瞧,发现外公真的收工了。所有当初因为惊吓而从手中滑落的刷子全都洗干净了,透明漆的罐子也收走了,地板也扫干净了。

"我没想到你外公会这么做。"山迪失望地说,"我们一起工作的时候,他可不是这样的。"

"我们得闯进去。"卡蒂亚说,"最好是今天晚上。我们把箱子搬到别的地方藏起来,藏在大人找不到的地方。"

"哪里?"山迪问。

卡蒂亚扮了张鬼脸,坦白道:"我也不知道。"

"朱利,"艾莲娜说,"你再去找你外公谈谈,好不好?"

虽然朱利觉得再谈也没有用,但他还是答应了艾莲娜的请求。

朱利在公园里找到了外公。外公坐在池塘边的长凳上,无精打采地把面包皮丢进水里,鸭子群马上过来抢食。

"外公。"朱利在外公身边坐下。

外公咕哝了一声当作回应。

朱利晃起双腿,踢着脚下的碎石子。他希望自己能想出一个好话题来打开话匣子。

"你怎么不喂鸽子了?"朱利一问完就后悔了。这实在不是一个好开头,很难把话题引到重点去。

"喂了鸽子就等于喂了老鼠。"外公嘲讽地说。

"你以前才不在意这个。"朱利说。

"现在我在意了。"外公简短有力地反驳回去。

朱利十指交叉,让手指头发出一声"咔嗒"。

"我可以去喂鸽子吗?"朱利问。

"让你去喂鸽子,然后错都在我身上?我不干这种事了。"外公开始连珠炮似的说,"你外婆再也不煮咖啡给我喝了。她对我说的话,三句里有一句是在数落我的不是。你妈妈昨天晚上又打电话过来,问我有没有把那个可怕的东西拆掉、丢掉。她在担心,你们可能会闯进工作室里去。"

朱利羞红了脸,幸好外公没盯着他看。外公拿起一块面包皮,瞄准一只走上岸的鸭子,狠狠丢了过去,那只鸭子吓得跑回水里。

"你真的会把那个箱子丢掉吗?"朱利问。

"不丢不行。"外公说。

"求求你,外公,不要丢!"朱利恳求着。

外公说:"你外婆要把花园那张桌子搬进去,那箱子没办法摆在那儿。"

朱利把身子靠向外公,坐得更近一些,然后悄悄地说:"我们可不可以偷偷把它做完,然后搬到别的地方去?"

外公摇摇头,说:"我答应过了,不能让你们进工作室。"

朱利点头。没错,外公抛弃他了,放手不管了。他们在一起做箱子的这件事,对外公来说一点儿意义也没有了。

"帮我把背心脱下来!"外公突然开口要求,"今天太阳这么大,热都热死了。"外公有些笨拙地转身,一看朱利毫无反应,开口大骂:"你没听到吗?帮我把背心袖口拉下来!"

朱利不情愿地抓下针织背心的袖口,穿过外公的手臂。

"这回可脱下来了。把背心放在板凳扶手上。"外公一声令下,朱利照办了,但他心里想,他再也不要和外公一起做任何事了。

然而,外公似乎完全没察觉到他外孙失望的神情。外公突然心情变得很好,把面包皮远远地丢进池里。

"看到了没？"外公开心地说，"差一点儿就丢到小岛那里了。我这次一定要丢到小岛另一头去。你要不要丢丢看？"

朱利臭着脸，一句话也不说。

"跟你一起喂鸭子一点儿也不好玩。"外公叨念着。他丢出了一个破纪录的成绩以后，对朱利说："我要走了。"

而朱利想的是：你要走就走啊，最好走到世界尽头去。

"还有，"外公又交代一句，"你们明天不用去工作室那儿探头探脑了。我和你外婆会一整天不在家。我们也不想整天蹲在家里。"外公说完后站起身来，敲着他的拐杖，一步步地跛回家去了。朱利心怀怒意望着外公的背影，喃喃地说："就算你从此消失不见，我也不在乎。"

一直等到外公走远，不见了人影以后，朱利才发现那件咖啡色的背心还放在板凳扶手上。

要跑过去把背心拿给他吗？

才不要！朱利想着。是外公自己的错，谁叫他那么健忘。如果他回家被外婆骂，那是他活该。

一只没拴长绳的大麦町狗大步跑了过来。朱利马上缩起双腿，因为他一向有点儿怕狗。这只活泼好动的小狗在池塘边不停地追着自己的尾巴转圈。

"巴比诺!"一阵叫声传来,是小狗的女主人,"巴比诺,你这个小坏蛋,回来!"

巴比诺不听女主人的话。它发现自己追不到尾巴以后,就跑到板凳边好奇地四处嗅闻。朱利把脚抬得更高,索性搁在板凳上。

"巴比诺!"女主人加快脚步跑过来,手里握着拴狗的长绳。她伸出手想抓住小狗项圈,但小狗往前一跳逃开了,又回头盯着女主人瞧。突然,小狗一口咬住外公的背心,用力地往两边甩。

"不行!"女主人厉声大叫。小狗惊讶地看了看女主人,然后听话地放下背心。女主人趁机把长绳扣上项圈,捡起背心,用力把它甩干净。一把钥匙从内侧口袋掉了出来,钥匙圈上有两支钥匙。

"巴比诺,小坏蛋!"女主人又骂了一句。她弯身捡起钥匙,连同背心一起递还给朱利。

女主人连忙道歉:"真不好意思,这只狗还很小,很顽皮。"

朱利点点头,但他脑袋里转着别的念头。他认得那支比较大的钥匙,那是外公用来锁工作室大门的。那支小一点儿的呢?朱利的手指翻转着那支钥匙。没错,应该是用来开那个挂锁的。所以,外公的意思是……

朱利跳下板凳,一路跑回家去。

第三十章　外公的计谋

星期六一大早,朱利和妈妈正在吃早餐时,门铃响了。妈妈惊讶地打开门一看,是外公外婆来了。外婆穿着裙子和西装外套,打扮得很正式。外公甚至还打了领带。

"我们来拿车钥匙和驾照。"外公说。

"好。不过,你们……"妈妈显得更惊讶了。外公外婆上回一起出门是什么时候,妈妈早就想不起来了。

"波豪尔堡有个展览,石器时代到当代的饰物展。你爸在报纸上看到这个消息,所以我们就决定去逛逛。"外婆开心地说。她今天的脸色特别红润。外婆又对妈妈说:"你也一起来呀,你不是也很有兴趣吗?"

"可是要开那么久的车,两百公里呀!回来天都黑了。"妈妈回答。

"那又怎样?难得出门一趟啊!"外公说完,偷偷对他外孙眨了眨眼。朱利看见妈妈举棋不定地站在那儿,打心眼里佩服起外公,外公竟然想得出这么一个天衣无缝的计谋来。妈妈一向很喜欢首饰,尤其是精致的胸针和彩石项链。

"那朱利怎么办?总不能让他一整天自己一个人在家吧?"妈妈拒绝着,"不行,不行,我还是别去了。"

"我可以去艾莲娜家。我现在就打电话给她!"朱利边说边拿起电话,拨了号码。

朱利听见妈妈在身后犹豫地说:"唉,我不确定啦,我只是觉得现在最好不要放朱利一个人太久。"

"别想那么多啦,孩子,你难得做什么让自己开心的事。"外婆努力地说服妈妈。

外公说:"你又不是孵蛋的母鸡,那孩子也不是小鸡。他总可以悠闲一天去找朋友玩吧。"

艾莲娜终于接了电话。

"喂,艾莲娜。"朱利一说完,马上改成悄悄话说,"不管我等一下说什么,你都要说好,知道吗?这是我们最后一线希望。"然后朱利用有点儿夸张的声调说:"我今天去你家可以吗?我们可以和小伦,还有你爸妈去游泳。我妈一定会给我零用钱请大家吃冰淇淋。"

没想到电话另一头一阵沉默。

"可以吗?"朱利着急地问,又接着说,"我妈要和我外

公外婆去看展览。他们会出去一整天。"朱利满心希望艾莲娜能听出其中的蹊跷。

"我来跟她说。"妈妈把朱利手中的话筒拿了过去,说,"喂,艾莲娜,我可以直接和你妈或你爸说吗?因为是一整天,所以……"

妈妈等待着回应,而朱利祈祷着艾莲娜能听懂他之前给的暗示。

妈妈失望地摇了摇头,说:"哦,他们不在啊,去买东西了。"她又聆听一会儿,然后说:"你真的确定朱利可以待在你家吗?"

朱利松了一口气。外公在后面不耐烦地叫着:"你看吧,没问题啦。走吧。我们顺道送朱利过去。钥匙给你,你车开得比我好。"外公把钥匙递给妈妈,妈妈别无选择地伸手接了下来。

"万岁!"朱利跑向门口。

"等一下,等一下。"外公用拐杖挡住朱利,说,"去拿你的泳裤。难道你要裸泳吗?"外公咯咯笑了起来,朱利也跟着放声大笑。妈妈和外婆在一旁纳闷儿着,这句话有那么好笑吗?

艾莲娜一路拖着小伦,跟着朱利跑到了外公家。卡蒂亚、莉娜和山迪正准备转身离开。山迪腋窝里夹着足球,看来他早就预料到今天一定进不了工作室。

"等一下!"朱利大喊,挥舞着手中的钥匙说,"我们进得去了!我外公想出了妙计,他比狐狸还要聪明一千倍。"

第三十一章 兜　风

朱利把那支比较小的钥匙插入挂锁的钥匙孔时,突然一阵心惊,似乎插不进去。朱利生怕这是外公设下的一场恶作剧,而外公此刻正坐在车子里得意地窃笑。但过了几秒,钥匙果真插进去了。一转,挂锁弹开了。然后,工作室大门也顺利打开了。

大伙儿拥进工作室,全都惊讶地站在那儿。他们已经好几天没见到这个箱子了,如今,眼前这个箱子显得更加完美了。他们用一种几乎是朝圣的心情走上前去,细细端详着箱子。

"你外公涂了第二层透明漆!"卡蒂亚肯定地说,"你们看,亮得多好看啊!"

朱利仔细查看他的苹果。他不小心让刷子滑落,滴了一大坨透明漆的地方已经完全修复了。外公一定在上第二层漆以前,就把这个地方多余的漆处理掉了。

"现在呢?现在我们该怎么办?"艾莲娜问。她已经把箱子每个角落都细细欣赏过了。

朱利说:"我们把这个礼物送到克拉拉老师家去。"

"要不要先打电话过去给她?"玛丽安说,"这可不是一个普通的礼物。"

"先告诉她的话就不算惊喜了。"朱利说。

"可是如果她和你外婆一样,被吓到了呢?"玛丽安说。

大伙儿彼此互望。这种事有可能发生吗?

"不可能。"艾莲娜说,"这是克拉拉老师自己想要的礼物。"

朱利有些疑虑。在他的梦境里,这的确是克拉拉老师想要的。但在现实生活里呢?信息真的可以用这种心电感应的方式传递吗?如果可以,克拉拉老师有这种传递能力吗?还是要等到人死掉以后才会有这种能力?

卡蒂亚胸有成竹地说:"她一定会觉得这个箱子很漂亮,尤其是箱子里面那片海,这是她自己想出来的点子。"

朱利的神情顿时轻松起来。

苹果树也是她的点子啊。朱利这下更有信心了,他相信克拉拉老师看到这个礼物一定会很高兴的。

但现在的问题是,要怎么把箱子送到克拉拉老师家去呢?抬着?那样太累了。如果有轮子的话,他们只要推着或

拉着就可以了。

朱利思索着。真可惜,外婆把外公的收集品都丢掉了,不然他一定可以找到几个轮子,把它固定在箱子底下。

朱利把这个想法告诉大家以后,山迪马上提出了解决办法:"我家有一个很大的平板推车,我还可以跟我爸借几条货物捆绑带。"山迪说完,立即转身跑回家去。

不到半小时,山迪就气喘吁吁、满脸通红地跑回来了。他一脸得意地把一台红色的平板推车拉进工作室,推车底下有几个很大的橡胶轮子。大伙儿先合力把箱盖抬到推车上,再把箱子放在上面。这是艾莲娜的好主意。艾莲娜说:"这样人家就看不出来这是什么东西了。我们大可不必让整座城市的人都知道我们做了一口棺材,尤其是那些认识你妈妈又会去通风报信的人。"

朱利说:"我妈迟早会知道这件事的,到时候外公和我就会被她骂到狗血淋头了。"

"至少现在不会。"艾莲娜笑着说,"只要现在没人发现我们搬的是什么东西,你外公也假装把箱子拆了、丢了,那就起码可以骗过你妈好一阵子,你不会那么快就被骂啦。"

朱利苦笑了一下。妈妈那股让人招架不住的怒气,朱利太清楚、太熟悉了。

艾莲娜安慰朱利说:"等过一阵子以后,就算你妈知道了,也不会把它看得那么严重了。你尽管放心好了。"

他们一起小心地把捆绑带绕过箱子绑好,然后从四边推了推箱子,确定箱子已经稳固地绑在推车上。

"好了,出发!"朱利一声令下。孩子们笑了起来,但笑声听起来有些紧张。每个人心里都很忐忑不安,因为动手做这样一个箱子是一回事,而真要把它送出去则完全是另一回事。

在这个星期六的早上,附近一向宁静的住宅区显得特别热闹。载满行李的私家车开往度假的地点,骑自行车兜风的人享受着夏日阳光,而人行道上来往着刚买完东西、提着大包小包的行人,还有推着婴儿车散步的父母。孩子们已经被这些行人喊了不下五次,要他们把这个奇怪的大箱子推到马路边上,不要占用人行道。于是他们别无选择地照办了。

只有小伦仍固执地留在人行道上。

小伦大喊着:"回来!我们不可以走在大马路上!"

"我们一直挡别人的路,你没看到吗?"艾莲娜很想一拳在小伦头上敲下去。

"你们走那里会被车子轧扁的!"小伦警告着。幼儿园的老师是这么教的,爸爸妈妈也警告过上千次,马路上的

车子非常危险,小孩子一定要特别小心。如果不听话,不遵守规定,那就更危险了。

"没办法,我们只能走这里!"艾莲娜生气地对小伦说。

小伦固执地站在人行道上猛摇头。

艾莲娜忍不住对弟弟大吼:"你要留在那儿就算了,有坏人把你带走我也不管!"

莉娜听了,不高兴地对艾莲娜说:"你怎么可以跟你弟弟说这种话?"

但艾莲娜真是气得不管不顾了,她继续恐吓弟弟:"没错,等一下坏人就把你抓走!"

小伦紧紧咬着下嘴唇。在幼儿园里老师也警告过,遇见陌生人时一定要很小心,所以最好不要自己单独出去。万一自己一个人在路上碰到陌生人来搭讪,无论那个人说了多严重的事,一定要坚定地拒绝他,绝对不能跟他走。万一那个人一把抓住了你,一定要大声地尖叫着逃开,跑到附近的商店里去。

小伦吞了吞口水,四处张望了一下。这附近没有商店,只有住家。

小伦用微颤的声音说:"大马路是给车子跑的地方。"

但艾莲娜早已转过头,大声对其他孩子说:"不要等他,走吧。"

这下连卡蒂亚都看不过去了。尽管在过去两个星期以来她一直把小伦视为一场灾难,但现在连她都说道:"我们不能放下他不管呀!"

艾莲娜固执地回答:"我才不要留在这里陪他!"

卡蒂亚突然有了好主意:"我们把他抓进箱子里,然后把箱子推快一点儿,让他不敢往外跳。"

这主意太好了!他们二话不说,马上把小伦抓进箱子,不让小伦有任何抗拒的机会,然后快速地把箱子往前推。

"你看吧,"朱利在后面边推边对小伦说,"我不是答应过你吗?要让你第一个在马路上兜风!"

一开始,小伦紧抓着箱子两侧不放,但渐渐地,他开始享受这种坐在箱子里兜风的乐趣了,他会对迎面而来的车子招手。如果哪个开车的人摁了一声喇叭,他也会拉开嗓门儿,大声地回应一声"叭"。

事实上,这个箱子就像马车一样,可以让人坐在里面,奔驰在马路上,丝毫没有违反什么规定。

小伦一路欢呼着,要求他的"马儿"加把劲:"再快点儿,再快点儿好不好?"

他们跑了好长一段上坡路之后,全都累得喘不过气来了。于是他们放慢脚步。终于抵达坡道的最高点时,大伙儿都累得动弹不得,只能站在那儿喘粗气。

小伦开心地大喊:"太好玩啦!"

"我跑得腰好痛。"玛丽安弯下腰来说,"真的好痛。"

小伦坐在"马车"里往下看玛丽安。

"如果你想的话,也可以坐进来呀。"小伦大方地说。

玛丽安犹豫地看了看大家。

朱利对玛丽安说:"你坐进去没问题啦,待会儿就下坡了。"

"那我也要坐!"山迪一说完,马上跟着玛丽安坐进箱子。

"不公平!"卡蒂亚气得大叫,因为现在箱子里已经坐满了。她说:"我才不要只当推车的人!"

"我们可以轮流坐啊!"莉娜马上充当和事佬,希望大伙儿不要吵起来。

朱利和艾莲娜点头同意。

坐在箱子里兜风实在是太好玩了,让他们全都忘了当初是要把箱子运到哪里去了。对山迪来说,这是一趟登陆月球的火箭之旅。他让身子成大字形躺在箱子里,闭上眼睛时,甚至可以感受到自己就在太空舱的尖端。山迪也想象着,在他上方无尽延展的是黝黑的、繁星闪烁的外层空间。艾莲娜靠着箱子的一侧坐着,想象自己航行在大海上。玛丽安则是坐在热气球的藤篮里,飘荡在白云之间。卡蒂亚想象自己是个影坛巨星,坐在一辆白色超长豪华轿车里。只有莉娜不愿意坐进箱子。

"我很容易晕车。"莉娜说着,羞红了脸。

朱利觉得,他这趟丛林里的吉普车之旅实在太短促了。然而,他满脸通红地坐在车里时,突然有了个主意,他们可以绕道经过那条栽满白杨树的林荫大道。大家都欣然同意,纵使林荫大道和原先的目的地是截然不同的方向。

这条林荫大道是为过去一座狩猎行宫而开设的。现在屋舍成行的地方,以前是一片树林。孩子们在学校里学过,很久以前有位伯爵在这儿盖了行宫,又开出一条马路来,就成了现在这条林荫大道。以前的那片树林早就消失了。那座狩猎行宫也因年久失修而倾塌,终于在四十多年前整栋被拆毁。唯一存留下来的,就是那条林荫大道。那是一条又直又长的下坡路,作为车道过于狭窄,但也幸好没有人想要拓宽道路而把两边漂亮的白杨树砍倒,于是市政府把这条路规划成了自行车专用道。到了冬天,积雪够多时,这条道路就会封闭起来,变成玩雪橇的滑雪场。

大伙儿把箱子推到了林荫大道的终点,一条笔直的道路在眼前往下延伸。这时,山迪突然提议说:"我们来玩赛车好不好?我们两个两个地轮流坐,用我的表来计时,看谁跑得最快。"

第三十二章 赛 车

现在,这个箱子不再是马车,也不再是船或热气球了,而是变成了跑车。

山迪和玛丽安坐在箱子里,一路飙过赛车终点线,在道路转为平坦的地方渐渐放慢速度,停了下来。"起码有三百马力!"山迪大叫起来。

"五十四秒!"莉娜宣布。她是这场赛车的记时员。

卡蒂亚戳了戳小伦,说:"小鬼,现在轮到我们了。"卡蒂亚心里明白,朱利一定想和艾莲娜一起飙车,所以无论她高不高兴,她都得跟那个小鬼一起坐。她只希望小伦能把刹车杆抓稳,别让他们在跑道上原地打转或驶离车道。卡蒂亚必须在起跑时把车子猛然往前推,然后马上跳进车里。这份差事,小伦可做不来。

"一分钟又一秒！"莉娜宣布。

卡蒂亚一听，气得摇头，对这成绩失望透了，因为她竟然败给了山迪。还是莉娜故意把时间算错，因为这阵子以来山迪对她特别好？

不，卡蒂亚应该认输的。故意把时间算错是卡蒂亚自己会做的事，莉娜绝不会做这种事。然而，认输还是让人很不舒服。

莉娜注意到了卡蒂亚失望的表情，安慰她说："这是没办法的事，小伦体重太轻了，车子跑不快。"

卡蒂亚无奈地笑了一下。如果真的是重量的问题，那她就不那么在意了。

艾莲娜在起跑线那儿爬进箱子，坐稳了。朱利站在后面，准备好推车的动作。待会儿他把车子推出去以后，就会马上跳进箱子里。他们两个静候着莉娜给出开始的信号。艾莲娜眯起双眼往前看。

莉娜在终点线那儿一挥帽子，艾莲娜随即大喊："开始！"

朱利伸直双臂，推着车子往前冲。艾莲娜抓着刹车杆，让刹车杆靠向箱子的方向。一米，两米，推车越跑越快。朱利感觉到自己的双手就快跟不上箱子了，于是他两手一把抓住箱子，一下子跳进箱子里。有那么一瞬间，朱利的双腿

不听使唤地在空中晃动,但他终究跳进箱子里坐稳了。

"快!快!"朱利一坐到艾莲娜身后,就兴奋地高喊起来。他们两个把身子往前弯,来减少一点儿风的阻力。这辆跑车越冲越快,他们现在得抓稳刹车杆了,好让车子不会原地打转。他们在冬天玩雪橇时速度都没这么快。他们冲过了莉娜身边,听不清楚其他人对他们喊了什么。他们的车子一路冲到大马路十字路口前才停下来。他们两个有些茫然地爬出箱子回头看,看见小伦一路跑过来,大喊着他

们的成绩:"四十七秒!你们冠军!我得第三名!"

等大伙儿又围聚在一起时,朱利问莉娜:"你真的不想坐坐看吗?不用让车子跑,就只是坐坐看。"

艾莲娜也望着莉娜,摇头露出费解的神情。

"有什么好怕的嘛!"卡蒂亚忍不住对莉娜说。

莉娜又把脸藏在她的长发后面,悄声说:"我只是一直想着克拉拉老师。这箱子再怎么说也是她的棺材,我不想坐在里面玩。"

山迪发出尴尬的笑声。玛丽安突然伸出手擦了擦眼睛。卡蒂亚弯下身子,捡起一颗石头,把它扔得老远。人怎么可以一下子这么开心,又一下子变得这么难过?

艾莲娜牵起小伦的手,握得好紧。朱利感到喉头一阵哽咽,他吞了口口水,沙哑地说:"我们该走了。"

大伙儿点点头,合力把箱子又推又拉地运往目的地。

小伦让艾莲娜牵着他的手,跟着大伙儿往前走。小伦觉得艾莲娜似乎永远都不想放开手了。虽然没有人对小伦说些什么,但小伦直觉上知道,他不该在这时候问大家他可不可以坐进箱子里去。

因为这个箱子本来就不是马车,而是一张吸血鬼的床,所以,不可以坐着去兜风。

第三十三章 窗　外

麦德特先生站在卧室窗边。他身后那张双人床上,躺着他的妻子。她殷切地希望能躺回这张床,于是前一天晚上,麦德特先生把她抱上楼来。

楼下花园里那棵新栽的苹果树旁散落了许多苹果,大多腐烂了。那些绑苹果的细线撑不了多久。他该不该下楼去,在树枝上绑上新的苹果?这次绑牢一些?然而,他仍是站在那儿。无须这么做了。他的克拉拉已经不会再走进花园了,他的克拉拉也不会再去拥抱那棵树了。

"她随时都会走,只是时间的问题了。"那天清晨,医生这么说,"我给她服药了,她不会感到任何疼痛。时间一到,她会很自然地停止呼吸。"

而如今,麦德特先生守候着的,就是那一刻。他打了电话通知女儿,女儿很快就会赶来了。等女儿一来,麦德特先生就会和女儿一起坐在床边,握着克拉拉的手,温柔地轻抚着。也许克拉拉会再度睁开双眼,回光返照地苏醒片刻。

"我不敢确定,不过这种事时常发生。"医生说。

来了!麦德特先生听见外面一阵声响。一定是女儿来了。

然而,不是他女儿,而是一群孩子缓缓行走于车库和住宅间的步道。

应该是克拉拉的学生,怎么刚好这个时候来?麦德特先生想着。

孩子们拖拽着某个东西前进。一个奇怪的推车。麦德特先生没戴眼镜,从远处看不清楚那个东西。他回头看了一眼妻子,她双眼紧闭。于是,麦德特先生两步并作一步地走下楼去。他要告诉那些孩子,克拉拉老师没办法下楼来见他们了。他知道,他的妻子很爱这些学生,也视学生为她生命中最重要的一部分。然而,此刻的麦德特先生并不想和这些孩子分享这宝贵的最后时分。

麦德特先生经过客厅时,拿起放在电视机上的眼镜,架在鼻梁上,然后走到花园。孩子们在推车前一字排开站好。麦德特先生的目光扫过这一排孩子的面孔,发现他们全都尴尬地——不,应该说是害怕地看着他。站在中间的

那个男孩,麦德特先生认得,他就是那个偷苹果的"贼"。

"克拉拉老师没办法见访客了。"麦德特先生用沙哑的嗓音说,"真的不行。"

朱利清了清嗓子,说:"我们,我们……"他结结巴巴地说不出话来,无助地看着艾莲娜。

艾莲娜悄声说:"这是我们要送给克拉拉老师的礼物,跟她说再见的礼物。"一说完,所有孩子都很默契地静静走到一边。麦德特先生目瞪口呆地看着这份礼物。推车上架着一个五颜六色的大箱子,上面还有用钢线锯制作出来的雕饰。他看不出来这是什么东西。他的克拉拉,不,应该说他自己该怎么处理这份礼物?

"这是我们亲手做的。"朱利这时能顺畅地表达自己了。

山迪紧接着补充一句:"因为她很怕那种黑漆漆的箱子。"

"很怕什么?"麦德特先生露出十分困惑的表情。

"那种箱子通常都黑漆漆的,让人看了很难过,所以她才会怕。"艾莲娜又解释说,"所以我们才做这个送给她。你看!"艾莲娜伸手把绑带解开,其他孩子也过来帮忙。没过多久,他们就合力把箱子抬了下来。

他们把箱盖盖上去以后,麦德特先生才恍然大悟,终于知道他眼前这个箱子是什么了。

"这……这是棺材……"麦德特先生吞吞吐吐地说。

朱利生怕麦德特先生的反应会和他外婆一样,这是他最不愿意看到的事。他想象中最惨的情况是,麦德特先生拒绝为老师收下礼物,并大发雷霆地把他们全赶走。

于是,朱利铆足全力说服麦德特先生:"这是世界上最漂亮的棺材。"

朱利又指了指箱盖说:"你看,这是你亲手种的苹果树。还有很多苹果和……"

"绑苹果的红线。"麦德特先生说着抽噎起来,但那是一种混杂了笑声和哭声的声音。

"还有这里,"艾莲娜殷切地说,"这是她最喜欢的一本书。"

山迪也高声说:"这匹马是我做的。你看,它从书里这样跑出来。"

"还有里面……"卡蒂亚当然也不落人后。

大伙儿一齐把箱盖抬了下来。卡蒂亚说:"里面是大海,还有很多小鱼,小鱼就是我们。"

"还有那里,"玛丽安鼓起勇气,牵起麦德特先生的手,带他走回箱盖那儿,说,"这是热气球,载着克拉拉老师在白云中间飘来飘去,飘得越来越高。还有底下那些孩子。"

玛丽安指了指箱子内侧,说:"热气球越来越高,他们就快看不到克拉拉老师了。不过他们都知道,克拉拉老师

不会消失不见,她会一直在天上的某个地方。"

麦德特先生不自觉地抬头凝望天空。一架飞机在天幕上划出一道白线,像逝者遗留下来的生命轨迹。

麦德特先生蹲下身来,无比感动地看着草地上的这个箱子,眼里闪烁着泪光。他的手指缓缓轻抚过画在箱子侧边的五线谱和音符。

莉娜也鼓起勇气,在麦德特先生身边蹲了下来。

"这是天使唱的歌。"莉娜说,"他们会在天堂里唱这首歌给她听。"然后,莉娜很轻柔地哼起了这首歌的旋律。

麦德特先生不知道他和这些孩子在楼下待了多久。当他回到楼上卧室时,发现他的克拉拉睁开了双眼。他在床边轻轻坐下,伸手握住克拉拉的手。

"窗子开着,我听到他们的声音了。"她说,"很多人吗?"

麦德特先生知道她问的是什么。

"朱利和其他孩子都来了。"麦德特先生回答。

克拉拉老师露出了微笑。

"他们把你的礼物送过来了,跟你说再见的礼物。"麦德特先生原本并不打算告诉她这件事,但他还是照实说了。他原本只想独自拥有和克拉拉在一起的最后时光,再次告诉克拉拉他很爱她,会永远爱着她。然而,麦德特先生还是照实说了。

克拉拉老师说:"跟我说再见的礼物?他们真好,还记得把礼物送过来!"

"难道你知道那个礼物是什么?"麦德特先生惊讶地问。他的克拉拉又施了魔法吗?

克拉拉老师点点头,说:"他们把礼物买下以后,山迪就忍不住告诉我了。那个小家伙守不住秘密。他们买了一本大部头的书,一百个最美的欧洲旅游景点。你就替我收下吧。也许哪一天你想再去旅行时会用得上,虽然我不能陪你了。"

麦德特先生摇了摇头,说:"不是那本书。是他们自己亲手做的东西。"

"哦?是什么?"克拉拉老师问。

麦德特先生不禁微笑暗想:"到了这关头,她还是那么好奇。"

他惊讶地发现自己很乐意为克拉拉描述这件特别的礼物。

"这件礼物是要送你上路的,"麦德特先生说,"独一无二的礼物。"

麦德特先生把整件事娓娓道来之后,克拉拉露出一抹微笑,最后一次闭上了双眼。

作者简介

瑞秋·凡·库依

瑞秋·凡·库依，1968年生于荷兰，十岁时随家人移居奥地利。在维也纳大学就读时主修教育学和特殊教育。现定居于奥地利东北的克洛斯特新堡，从事写作以及照顾身心障碍者的工作。

译后记

爱超越了死亡

李紫蓉/儿童文学作家

《克拉拉的箱子》以写实的笔法描绘了男孩朱利的世界:父亲搬出去住以后,朱利感受到的无助感;爷爷意外跌伤,不再和朱利一起做木工之后,朱利感受到的失落感;母亲在朱利出生前曾流产的过往阴影,也如低气压般笼罩在家人互动中;而最让朱利难以接受的,是他挚爱的克拉拉老师即将离开人世。一个十岁大的男孩,该如何面对这一连串死亡和失去的冲击?

乐观慈爱的克拉拉老师是朱利生命中的阳光,而让我感动的,正是这不会逝去的永恒阳光,帮助朱利接纳了生命中的生老病死,悲欢离合。克拉拉老师为朱利展现的是一种超然的勇气:以对生命的爱来接纳死亡的来临。克拉

拉老师邀请朱利和她一起直视死亡，大声说出原本令人畏惧的一句话："你就快死了……不过你今天还不会死。"这真是一堂最宝贵的生命学的功课。超越恐惧的唯一途径，即是走入恐惧，并且通过它，如通过黑暗的隧道，而走入光明。

克拉拉老师邀请朱利直视死亡，事实上也给予了朱利一堂爱的功课。朱利的勇气和爱帮助母亲化解流产带来的愧疚阴影，帮助爷爷重拾生命的热情，也让好朋友互助合作实现了一个爱的梦想，那就是送给克拉拉老师一口世界上最漂亮的棺材，陪伴她启程上路。正如爷爷在箱子快完成时，一语道破的真相："这个东西，早就已经不是棺材了……这个箱子里满满的都是爱。"

本书作者的写实笔法还有一点很让我感动的是，她以敏锐的观察力为我们如实描绘了生命中悲欢交错、五味杂陈的荒谬性，而正因为生命往往是荒谬的，它不需要我们去理解，只需要我们去爱和接纳。朱利在故事一开始，病重的克拉拉老师回到教室探望他们时，就发现了这一点：明明才为了老师就快死了的事痛哭不已，却又因为老师戏说校长是大鲸鱼，而马上被逗得开怀大笑。朱利惊讶地质疑着："人难过的时候怎么能大笑呢？"

这段情节让我不禁回想起自己小时候参加外祖母葬礼的回忆。外祖母长年卧病在床，所以和外祖母并不熟稳。参加葬礼时,我虽然没有难过的心情,也明白这是一个严肃悲伤的场合,我要乖乖地不笑不闹。然而,所有亲友坐在租来的巴士里前往火葬场时,我那三位一向爱说笑的表姨又和往常一样打起趣来,那极具感染力的笑声蔓延开来,其中一位表姨一笑,假牙竟掉了下来,结果大伙儿在巴士上蹲着帮忙找假牙,全都笑成一团。当时的我惊讶不已,想着:去参加葬礼怎么可以笑成这样?然而,表姨是在教导我一个人生课题:人生不是全黑也不是全白,而是一个时刻变幻的万花筒。挚爱的亲人过世了,我们会难过。但是,爱的深度并不等于难过的深度,真正的爱是把逝去的亲友摆在内心深处,然后和他们一起快乐欢笑地走在我们的人生路上。

克拉拉老师戏说校长是鲸鱼的那段情节,真的像出太阳一样,温暖了整个教室。她让孩子回到了无忧的当下,让孩子拾回他们以快乐拥抱生命的本心。隐藏在伤心底下的,其实是快乐的爱和分享。一个实时的幽默,一阵发自心底的开怀笑声,竟有这般力量,让再怎么看似难以承受的愁苦,都可以在洒脱一笑的瞬间烟消云散。如果说,克拉拉老师真的会魔法的话,我想那就是因为她懂得不把生死看得太严肃,她有一支让人永远不会忘记笑声的仙女棒。

朱利和艾莲娜在墓园里阴错阳差,和老太太弗莉达

国际大奖小说

一起参加陌生人葬礼的情节，也道出了一种让人哭笑不得的荒谬性。愤世嫉俗、冷嘲热讽的老太太不按常理出牌，看似语不惊人死不休，然而她也给孩子上了一堂课：关于死亡，并没有一个既定的，或所谓正确的诠释方式。死亡似乎和生命一样，也有着无尽的可能性，虽然朱利并没有找到一个确切的答案，但朱利心里明白，他不愿意和妈妈或外婆一样，以畏惧和逃避来忽视这个深邃的心灵议题。

　　故事发展到最后，进入了令人惊喜的高潮。读者的脑海里真的浮现出一口世界上最漂亮的棺材，可它承载的并不是死亡，而是一群孩子无忧无虑的天堂笑声。这群孩子把箱子当成跑车，在林荫大道上大玩赛车，把死亡的阴影全抛在脑后，全然享受着当下的纯真快乐。读到这里着实感动，因为这正是克拉拉老师对孩子们的衷心期许："快乐地分享你们的生命吧！爱你们的生命！就在当下！"孩子们在林荫大道上把天堂的喜悦注满了这个箱子，真的没有比这更好的道别礼物了。当克拉拉老师以她的想象力收下了这份爱的礼物，而最后一次合上了双眼时，我们仿佛都感受到了死亡并不存在，只因为永恒的爱超越了肉体的消亡。

书 评

生命的光彩夺目

梅思繁/青年翻译家、作家

大人们总是用"无忧无虑"、"天真快乐"这些词汇来描述形容小孩们的童年岁月。或者是因为他们淡忘了自己的孩童时光,或者是因为他们从来没有真正地读懂过童年。童年或许是天真透明的,但它绝非纯粹快乐无忧的。年幼的心灵有属于它的忧伤与不安、黯淡与恐惧,它们隐秘悄然地藏在内心的某个角落中。纵使大人们如何小心翼翼地想保护儿童的"快乐王国",失去、分离、黑暗与死亡这些令人害怕伤感而又无力改变的生命元素,终将在童年时光的某一刻走到小孩的面前。

《克拉拉的箱子》是一本独特出色的小说。它敢于打破社会禁忌,带领儿童与成人一起,正视分离与死亡、生

命与虚无、失去与存在这些自然深刻但又常常被人们认为不应该向儿童提及的哲学话题。

克拉拉老师毫无疑问，是一个杰出的生命存在。她在面对即将结束的生命时表现出的坚韧力量、乐观态度、对现实和痛苦的敢于接纳、承担，都是令人为之敬佩又感慨的。不仅如此，她还尝试着让她那些四年级的学生们一起，大胆地正视死亡。因为作为一个知识的传授者，她非常清楚地晓得，一切的恐惧都出于对世界的未知与不了解。让十岁的朱利和他的伙伴们，在人生刚刚起步的时候，就看到生命中那黯淡忧伤的一面，只会令他们在成长中蜕变得越发坚强有力。作为一个教师，除了传授课本上的知识，她更应该将生命的智慧与存在的光彩万丈展现给她的学生们看。于是在生命的最后一刻，在死亡近在咫尺时，她平静地微笑着，把教室变成了海风拂面、白云荡漾的悠闲海滩。她坐在教室深处的遮阳伞下，为她的学生们读着故事，度过人生的最后一个甜美假期。

与克拉拉老师一样，十岁的朱利是个绽放着伟大生命力量的优秀男孩。朱利的童年生活并不是无忧无虑的。父母的分手，母亲丧女的隐痛，以及克拉拉老师即将离去的事实，都令他敏感的心灵极早地就经历了恐惧、忧伤与痛楚的洗礼。死亡与失去，对他来说是神秘而难以捕捉的东西。他尝试用他儿童大胆又纯真的目光，去体味母亲面对失去的痛苦,爷爷在衰老面前的无能为力,以及克拉拉老师混合着对死亡的恐惧与生命的向往的坚毅目光。最终,在面对了最真实不完美的现实以后,在经历了糅合着困惑与痛楚的生命探索以后,他终于明白了克拉拉老师希望他走上的那条人生之路:在大胆勇敢地接受承担现实中,乐观开阔地让生命无限绽放。

《克拉拉的箱子》在将分别与忧伤摆到童年面前的同时,更让年幼的心灵们看到了生命的光彩夺目,爱的永恒力量。选择不回避黑暗与死亡,那正是一种勇气与坚强。

感谢克拉拉和朱利,让捧起这本书的人读到了活着的美好与生命的高贵。感谢克拉拉和朱利,提醒着我们,品味每一次呼吸,珍藏每一缕阳光。

教学设计

不是所有的告别都能再见

周其星/深圳实验学校阅读教师

克拉拉是一位普通的老师。她很不幸,得了绝症,只能提前走完她的人生路。

克拉拉不是一位普通的老师。她很幸运,在走完人生路之前,她得到了一群孩子深深的爱与不舍。

爱是最美的礼物,就像孩子们在教室里布置的海滩,就像孩子们最后送给克拉拉老师的箱子。

这是一个特别的箱子。它五颜六色的,上头有用钢线锯制作出来的雕饰。箱盖上有很多苹果树,树上用红线绑着很多苹果。箱子里画着书,画着马,还有大海和海中的小鱼儿。箱盖上还画着热气球,载着克拉拉老师在白云中间飘来飘去,飘得越来越高,但是克拉拉老师不会消失不见,她会一直在天上的某个地方。箱子侧边有五线谱和音符,孩子们说,这是天使唱的歌,他们会在天堂里唱这首歌给克拉拉老师听……

这个特别的箱子,是一口棺材。但它是世界上最漂亮的棺材,是孩子们送给克拉拉老师的临别礼物。满满地装在这个世界上最美好的礼物里的,是孩子们对克拉拉老师全部的爱。

第一次读这个故事,我能想到孩子们乃至克拉拉老师都不愿意直面死亡这个冰冷残酷的现实。就像朱利的妈妈那样,她一直走不出朱利的姐姐还没出生就夭折于腹中的阴影。"那种伤心会让人宁可失去所有感觉,或是把自己撕个粉碎,丢进垃圾桶里。"朱利的妈妈如是说。

所以,大家都更愿意躲进各自的蜗牛壳里,再也不爬出来。

谁都没有做好准备,去面对死亡,哪怕是一只小宠物的离开都会让孩子痛心不已,更何况,克拉拉老师是那么亲的人,但她终要离去。

但值得庆幸的是,朱利和他的同学们慢慢从蜗牛壳里走了出来,勇敢地去面对即将到来的残酷现实,为自己所爱的老师献上如此独一无二的礼物。

故事以这样的方式结束,完全出乎我的意料。在我的阅读经验中,不曾遇到过这样一个充满勇气与智慧的故

事,不曾遇到过这样一群执着却又用心的孩子,不曾遇到过这样一位不幸却又幸福的老师。

不是所有的告别都能再见,不是所有的相遇还能重逢。读着这样一本厚重的书的我们,该怎样去活、去爱、去珍惜?

只要再认真想一下,答案就在角落等你。

话题讨论:

1.克拉拉老师得了绝症,她希望能留在教室里和孩子们再共度一段时光。可是家长们不同意,朱利的妈妈说:"有一天你会明白,死亡不是什么随随便便、轻轻松松的事。连大人都很难面对,何况是你们孩子!这种事要慎重处理才行。"你同意这样的观点吗?如果换作你是朱利的妈妈,你会选择怎样做?

2.朱利知道,和死有关的事情都不能说。这好像是一种默认的禁忌。那你的父母、老师,或者其他长者,有没有和你谈论过这个话题?

3.你参加过葬礼吗?或者,在电影或其他书中看到过葬礼是什么样的吗?说一说你当时的感受。除了在葬礼上不宜大笑之外,你还知道哪些禁忌?

4.克拉拉老师说:"如果一个人没有遗憾地活过了,就能安心地接受死亡的来临。"你同意这样的观点吗?说一说为什么?

5.当朱利不被理解时,感到一股愤怒在胃里翻搅。为什么大人总要带着评判的眼光来插手孩子的事情?你也一定有过朱利那样的经历,说来听一听。

6.朱利的爷爷说:"每个人都希望自己很勇敢,但是做不到。有人早点儿死,有人晚点儿死。但每个人迟早都会除了死的事情之外什么也不想。想那座坟墓,那个黑洞,那口棺材,又黑又冷又孤单……快死的人会把他们喜欢的人赶走,因为他只想孤军奋斗。"关于坟墓,关于黑洞,关于棺材,关于死,你有过恐惧吗?人们都说,爱是解决死亡之毒的良药,你同意吗?为什么?

7.你认为这本书是在讲死亡还是在讲生命?克拉拉老师最终安然离去,你满意这样的结局吗?如果换作你来写,故事会有一个怎样的结局?

延伸设计:

1.在世界上很多地方,人们都忌讳谈"死"这个字。这本书触碰到这个充满禁忌的话题,本身就充满了勇气。类似的关注死亡这个话题的书其实还有很多,例如《天蓝色的彼岸》《马提与祖父》《奥莉芙的海洋》《光草》等,集中阅读这些书,然后进行比较,你觉得这本书和其他几本相比,有哪些特点与不同?

国际大奖小说

书名	死者	生者	死者对生者的影响	最让你难忘的地方	带给你的启发
《克拉拉的箱子》					
《天蓝色的彼岸》					
《光草》					
《马提与祖父》					
《奥莉芙的海洋》					

2.上三年级时,有一天克拉拉老师发给班上每个人一副眼罩,让他们蒙着眼从城的一头走到另一头,只是为了让他们用耳朵去体验这个世界。秋天时,克拉拉老师把他们分成小组,每一组发一张神秘的藏宝图,让他们分头去寻宝。试着和你的伙伴们一起,也来玩一玩蒙眼和寻宝的游戏,体验不一样的快乐。

3.读到一本好书,一定不要只追逐情节,忽略了书中令人深思的语句。不妨画出来,在旁边做上一些批注。有些触动了你的句子,可以摘抄下来。下面这些书中的句子,你熟悉吗?再读的时候,是否心中一动?请写下你的阅读感悟。

(1)她只是坐在轮椅里,耐心等候着,仿佛全世界的时间都是她的。

我的感悟：

(2)外面没有人知道，在四年级教室里的学生们此刻正努力接受一个事实：那看似永无止境的生命，会在一瞬间突然终止。

我的感悟：

(3)那本书就夹着书签一直摆在书架上，仿佛一个故事可以这样没有结束地结束似的。

我的感悟：

(4)故事就像人生一样，谁也不能预先阅读最后一章。

我的感悟：